读客科幻文库

跟着读客读科幻,经典科幻全看遍。

完美的真空

STANISŁAW LEM
DOSKONAŁA PRÓŻNIA

[波兰] 斯塔尼斯瓦夫·莱姆 著

赵 刚 孙伟峰 译

河南文艺出版社
· 郑州 ·

Doskonała próżnia (A Perfect Vacuum) by Stanisław Lem
Copyright © Tomasz Lem 2016
Simplified Chinese translation copyright:
© 2022 Dook Media Group Limited
All rights reserved.

中文版权 © 2022 读客文化股份有限公司
经授权，读客文化股份有限公司拥有本书的中文（简体）版权
豫著许可备字-2021-A-0134

图书在版编目（CIP）数据

完美的真空 /（波）斯塔尼斯瓦夫·莱姆著；赵刚，孙伟峰译. -- 郑州：河南文艺出版社，2022.1（2023.6 重印）

ISBN 978-7-5559-1305-4

Ⅰ. ①完… Ⅱ. ①斯… ②赵… ③孙… Ⅲ. ①幻想小说 – 小说集 – 波兰 – 现代 Ⅳ. ① I513.45

中国版本图书馆 CIP 数据核字（2021）第 280976 号

完美的真空

著　　者	［波兰］斯塔尼斯瓦夫·莱姆
译　　者	赵　刚　孙伟峰
责任编辑	党　华
责任校对	李亚楠
特约编辑	张敏倩　王　品
策　　划	读客文化
版　　权	读客文化
封面插画	Daniel Mróz
封面设计	李子琪
出版发行	河南文艺出版社
印　　刷	河北中科印刷科技发展有限公司
开　　本	880 mm × 1230 mm 1/32
印　　张	8.75
字　　数	157 千
版　　次	2022 年 1 月第 1 版　2023 年 6 月第 4 次印刷
定　　价	49.90 元

如有印刷、装订质量问题，请致电 010-87681002（免费更换，邮寄到付）

版权所有，侵权必究

1966年，莱姆和玩具宇航员

1934年，13岁的莱姆身着学生制服

2001年，和孙女艾尼雅吹泡泡的莱姆

1976年，莱姆

论杜撰

文/斯塔尼斯瓦夫·莱姆

随着岁月的流逝，我越来越不耐烦埋头苦作、慢工出细活。为了把对某种观点的阐释变成娓娓道来的故事，你必须付出很大的精力——我指的并非脑力。我之所以走上"杜撰书评"这条捷径，这是很大一个原因，而我的许多作品也由此诞生。

我试着模仿各种风格——书评、演讲、介绍、诺贝尔奖得主的演讲，等等。这些体验像"箱子"一样垒成云梯，载我登至高处，召泥人①开口说话。

我总是尽量缩减其中的故事情节。"侯爵夫人五点钟离开了家门"这类话语实在空洞无聊，我根本不关心侯爵夫人、她的房子和五点钟。唯有必要时，事物才应该被描述。通过写书评而非写书，我体验了更多，走得更远，而非像个匠人一样，把全部精力都投入书本身。如果我六七十岁时仍能神采奕奕，脑子也没有变得不灵光——也许我在尝试某些文学实验时，不会走这种捷径。不过鉴于目前的状况，我做如此选择也算情有可原。

---

① 此处指《莱姆狂想曲》中的"泥人十四"。——编者注

目　录

《完美的真空》   **001**
斯塔尼斯瓦夫·莱姆　著

《鲁滨逊家族》   **008**
马塞尔·科斯卡特　著

《吉伽美什》   **030**
帕特里克·汉纳汗　著

《性爆发》   **048**
西蒙·迈瑞尔　著

《小队长路易十六》   **057**
阿尔弗雷德·泽勒曼　著

《一无所有，或日后果》　　　　　　　　080
索朗日·马里奥　著

《类启示录》　　　　　　　　　　　　093
约阿希姆·菲尔森盖德　著

《白痴》　　　　　　　　　　　　　　100
吉安·卡罗·斯帕兰扎尼　著

"自制图书"　　　　　　　　　　　　112

《伊塔卡的奥德修》　　　　　　　　　119
库诺·姆拉捷　著

《你》　　　　　　　　　　　　　　　131
雷蒙德·修拉　著

《生命股份有限公司》 **137**
阿里斯达尔·维恩怀特 著

《文化是错误》 **148**
威廉·克洛佩 著

《生命的不可能性》《预测的不可能性》 **164**
蔡扎尔·考乌斯卡 著

《恕不伺候》 **191**
阿瑟·多布 著

《宇宙演化新论》 **224**
亚里斯蒂戴斯·阿切罗波罗斯 著

莱姆对人类社会和宇宙文明的深度思考 **258**
江晓原 著

斯塔尼斯瓦夫·莱姆
《完美的真空》

（读者出版社——华沙）

为并不存在的书写书评，这并非莱姆的发明，我们不仅可以在当代作家博尔赫斯那里找到此类尝试（例如《迷宫》卷中的《赫伯特·奎因作品分析》），还能找到更加久远的起源——甚至拉伯雷[①]都还不是第一个使用该手法的人。然而《完美的真空》的独特性在于，它想成为此类文学批评的合集。这是系统性的咬文嚼字还是成体系的玩笑？我们怀疑作者开玩笑的初衷，而

[①] 弗朗索瓦·拉伯雷（François Rabelais，约1494—1553），文艺复兴时期法国重要的人文主义学者。主要著作是长篇小说《巨人传》。《巨人传》共分五卷，取材于法国民间传说故事，主要描写卡冈都亚、庞大固埃两代巨人的活动史。——译者注（本文如无特殊说明，均为译者注）

那篇冗长且极富理论性的序言并不能使这种印象减弱，我们在其中可以读到这样的文字："写小说是一种创作自由的丧失。……而写书评则是更不高贵的强迫劳动。对作家来说，至少他是被自己选定的题目奴役。批评家的地位则更糟糕：评论家与其评论的作品之间的关系，恰如劳改犯之于自己的独轮车。作家在自己的书中失去自由，而批评家则是在别人的书中失去自由。"

作者过于直白地强调这些简略的说法，我们反而很难当真。接下来的一段（名为"自我挑剔"）写道："迄今为止，文学给我们讲述了虚幻的形象。我们再向前走一步，将描写虚幻的书籍。这是重获创作自由的机会，同时也是两个彼此矛盾的灵魂——小说与批评的结缘。"

"自我挑剔"——莱姆解释说——应该是在"方框里"的自由创造，因为文本的批评者，如果被带入文本内部，他就将拥有比传统或非传统文学叙事者更多的操纵空间。这一点可以赞同，因为如今文学正试图与被创作的文本保持更大的距离，就像奔跑者争取喘第二口气。糟糕的是，这位学者似乎不想结束自己的序言。莱姆在其中讲述了虚无的积极方面，讲述了完美的数学对象和语言的更高层级。如果是玩笑，这就未免有点儿过于拖沓了。更重要的是——莱姆用这篇序曲将读者（可能也包括他自己）引至田野。因为构成《完美的真空》的是一些伪书评，它们并非笑话集。与作者不同，我会将它们分为三类：

1. 滑稽模仿、刻意模仿、讥讽。属于这一类的有《鲁滨逊家族》《一无所有，或曰后果》（两篇都讥讽"新小说"，只是方式不同），也许还有《你》和《吉伽美什》。诚然，《你》的位置有些难以确定，因为想出一本能够猛烈抨击的坏书是件过于廉价的事。形式上最独具一格的是小说《一无所有，或曰后果》，因为肯定没人能写这样的小说，所以采用伪书评的手段，就使得玩一些杂耍把戏成为可能：书评不仅不存在，而且不能存在。《吉伽美什》最不对我的口味。这里事关袋子和锥子，是否真的值得转弯抹角地用这些玩笑去对待一部杰作？也许吧，如果不是你自己写的。

2. 草稿大纲（终究是些独特的草稿）。例如《小队长路易十六》《白痴》。其中每一篇都可以成为一部好小说的萌芽，谁知道呢。但是，首先得把这些小说写出来。摘要，不管是批评与否，毕竟都还只是让我们开胃的前菜，但厨房里没有主菜。为何没有？含沙射影的批评并非"公平游戏"，但我可以允许此次这样做。作者有了想法，但无力将其完整实施，不会写，而不写又让他觉得遗憾——这部分《完美的真空》的完整背景就是这样。足够聪明的莱姆，早就预料到此类指控，所以决定用序言进行自我辩护。他在"自我挑剔"中谈到散文技巧的匮乏，谈到一个作家如何必须以工匠精神雕琢出这样的描写:"侯爵5点钟离开了家。"然而好的技巧并不匮乏。莱姆对上述我举例提及的三个题目造成的困难感到恐惧。他不愿意去冒这个险,腾挪闪躲,避开麻烦。他说"每一本书都是其他许多书的坟墓,它湮灭其他的书籍并取而代之"的时候,我们就明白了,他拥有的想法远超自己的生物寿命(艺术永生,人生短暂)。然而《完美的真空》中没有太多意义深远、有创见的想法。其中都是一些讨巧的演示,关于这些我已经提到了,但当时指的是玩笑。然而我怀疑还有更重要的东西,具体地说——就是无法实现的思念。

书中最后一组作品,诸如《生命的不可能性》《文化是错误》,特别是《宇宙演化新论》使我确信,我并没有搞错。

《文化是错误》颠倒了莱姆在小说以及思辨性图书中不止一次宣扬的观点。科技爆炸在以往被批判为文化灭绝者,而在本文则被归为人类解放者。在《生命的不可能性》中莱姆再次背离了信仰。我们可不要被家庭编年史那冗长的因果链条的可笑荒诞所误导:重点不是这些滑稽事,而是莱姆对万圣之圣的攻击——概率理论,也就是偶然性理论,而他各种各样的宏大构想都是建立在这个范畴之上。攻击在滑稽的境况下发生,是为了减弱其锋芒。那么,这攻击有没有片刻不被认为是讽刺呢?

《宇宙演化新论》驱散了此类疑虑,它是本书名副其实的

"主菜",就像特洛伊木马一样藏身其中。既不是玩笑,也非虚构书评,那么它到底是什么?如果是玩笑,它过于沉重了,四处张贴着如此巨量的科学论证——我们知道,整本整本的百科全书被莱姆吞掉,只要摇一摇他,就能抖出无数的对数和方程式。《宇宙演化新论》是虚构的诺奖得主演说,勾画了革命性的宇宙图景。假如我不了解莱姆的其他任何著作,我最终可能会推测,这也许是写给全世界30位深解宇宙奥秘的物理学家或其他相对主义者的一个搞笑段子。然而这看起来令人难以置信。因此我怀疑,又是老样子,一个让作者灵光乍现的构思,又让他感到恐惧。当然他永远不会承认这一点,而且无论我还是其他任何人都无法向他证明,他把作为游戏的宇宙图景当真了。他总是可以拿上下文的幽默感、拿书名本身(《完美的真空》——所以谈的是虚无)来说事儿,况且最好的避难所和借口就是"诗情画意"。

然而我认为,所有这些文本之后,隐藏的是严肃的话题。作为游戏的宇宙?目的性物理学?科学的崇拜者、对科学的神圣方法五体投地的莱姆不会去充任歪理邪说和离经叛道的始作俑者。因此,他也不会将这样的思想插入任何论述性的发言之中。而再次将"游戏宇宙"的思想作为故事的轴心——将意味着第无数次写出一本"正常科幻小说"类的作品。

那么,还剩下什么?对理智的人来说——除了沉默,别无其他。那些文学家没有写且肯定不会写的书，那些假托为虚拟作者写的书——这样的书由于不存在，所以似乎奇怪地类似于一种庄严的沉默？难道还有比这更加离经叛道的吗？如果说这些书、这些演讲属于别人，那几乎是沉默在说话。尤其是开玩笑似的说出来。

因此，从发自心底的对繁荣现实主义的长年渴望，从相对于自身观点来说过于大胆、难以直言的思想，从白日梦中的一切，就得出了这本《完美的真空》。理论性的前言看似在证明"新的文学种类"，其实是转移注意力的操弄，这是魔术师为让我们不注意他的真实举动而使用的障眼法。我们本以为，一场灵巧秀将会上演，而实际上并非如此。并非"伪书评"的手法诞生了这些作品，而是这些作品徒劳地要求获得表达，运用这种手段作为辩解和借口。若是没有这样的手段，一切都将会仅停留在沉默的范畴。因为这本书是对幻想的背叛，试图让现实主义好好扎根，是对经验主义的背叛，是科学中的异端邪说。难道莱姆认为，自己的图谋不会被看穿？事情很简单：谈笑间吆喝出严肃时连耳语都不敢说的话。与前言所说的相反，评论家不必被该书所束缚，就像囚徒被束缚于独轮车那样：他的自由不在于此，他可以抬高或贬低这本书，他的自由在于，通过这本书，他可以像看显微镜一样审视作者，此时他会发现，《完美的真空》是一部关于人们渴望而不可得的书。这是一部难以满足的梦想之书。拐弯抹角的莱姆还可以使用的唯一伎俩就是反击：断言那不是我，是批评家，而他自己，作者，写了这篇书评，并使其成为《完美的真空》接下来的一小部分。

马塞尔·科斯卡特
《鲁滨逊家族》

（塞伊出版社——巴黎）

继丹尼尔·笛福的鲁滨逊之后，又出现了为孩子们量身定制的"瑞士鲁滨逊"，以及许多更加幼稚离奇的荒岛求生故事。而就在几年前，巴黎奥林匹亚出版社遵循时代精神，出版了一本《鲁滨逊·克鲁索的性生活》，一个轻薄龌龊的东西，作者是谁甚至不值一提，只是以一个出版商私藏的假名遮羞罢了。为了众所周知的目的，出版社时常会拉拢那些以赚钱为目的的写手。然而马塞尔·科斯卡特的"鲁滨逊题材"值得期待。那是一本关于鲁滨逊·克鲁索的社交生活、社会慈善工作以及充满艰辛，而又经历丰富的一生的书，或者说讲的是孤独社会学——关于一个起初无人居住,到小说结尾时却人满为患的岛屿上的大众文化。

正如读者一眼就可以看出的那样,科斯卡特先生写的并非仿冒之作,也没有商业化的特点。书中既没有无人岛上的奇闻逸事,也没有色情描写,没有把这位海难幸存者的性欲,引到长满毛茸茸椰子的椰树上,引向鱼类、山羊、斧头、蘑菇和从撞毁的船只上捞出来的熏肉上。在这本书中,与奥林匹亚出版社的那本相反,鲁滨逊不再是个欲火焚身的汉子,像一头挺着生殖器的独角兽,把灌木丛、甘蔗丛和竹林践踏个遍,再强暴沙滩上的沙子、山峦顶峰、海湾里的波浪、海鸥的尖叫、信天翁尊贵的倩影,抑或被风暴赶到岸边的鲨鱼。渴望此类情节的读者,在这本书里找不到能让自己想入非非的精神食粮。马塞尔·科斯卡特笔下的鲁滨逊是位纯粹的逻辑学家,一位极端的循规蹈矩者,一位将论断中得出的结论推到极致的哲学家。船只被毁——一艘名为"帕特雷茨亚"的三桅帆船——对他来说只是开启大门、剪断绳索、准备实验,因为这件事使他能够触及不会因"他者"存在而被玷污的自我存在。

塞尔鸠什认清了自己的处境后,不仅坦然接受,而且决定当一个真正的鲁滨逊,他开始自愿接受这个名字,这完全合乎情理,因为从迄今为止的人生经历中,他已经获得不了任何裨益了。一个沉船者的命运,充满了生存磨难,已经足够愁苦了,何须再添加注定徒劳的追忆和对往昔的思念之情。遇到了怎样的世界,就应该按照人类的方式将它处理好,所以无论是小岛还是他自己,塞尔鸠什先生决定从头开始修整一番。科斯卡特先生笔下的新鲁滨逊没有任何幻想,他知道,笛福笔下的主人公是虚构的,而他的人生偶像——水手塞尔柯克[①]——在多年后偶然被一艘双桅船发现时,已经完全沦为毫无廉耻之心的动物,连话也不会说了。笛福笔下的鲁滨逊得以幸存,并非因为"星期五"——"星期五"来得太晚——而是因为他诚心诚意地指望上帝本人的陪伴,虽然严苛,但对一个清教徒来说可能是最好的陪伴。正是这位陪伴者,给他强加了严苛的行为准则、持之以恒的勤勉、反躬自省的精神,特别是一丝不苟的自我节制的态度,而这一点让巴黎奥林匹亚出版社的那位作者如此气急败坏,以至于直接拿它去碰撞淫荡之角。

塞尔鸠什,也就是那位新鲁滨逊,在自己内心感受到一股创造力,但他事先就知道,有一样东西他力有不逮:至高无上的上帝是他创造不了的。他是一位理性主义者,而作为理性主义者应该投身于事业之中。他希望把一切都想清楚,所以首先就要考虑,最理智的做法是否是彻底无为呢?这绝对会让人精神失常,

---

[①] 亚历山大·塞尔柯克(Alexander Selkirk, 1676—1721),苏格兰水手,是《鲁滨逊漂流记》主角鲁滨逊·克鲁索的原型。

但焉知癫狂不是一种很舒适的状态呢？嗯！假如能像为衬衫选领带那样选择发疯的方式，选择轻度狂躁亢奋症能够持续的欢愉状态，那么鲁滨逊甚至会愿意一试，但是谁又能确保它不会变为抑郁症，以试图自杀告终呢？这个念头让他望而却步，特别是从美学方面考虑，而除此之外，被动也并非他的天性。上吊或投水自尽总还有的是时间——所以这个方案也就被束之高阁了。"梦的世界，"他在小说开篇的某一页上对自己说，"是个乌有之乡，可以完美无缺；是个乌托邦，漶漫不清，病态地铺展开，沉浸于大脑的夜间工作之中，此时的大脑不如清醒时能完成各种任务的状态。""他们在梦中造访我，"鲁滨逊说，"各式各样的人物，给我提出各种在他们说出答案之前我无法回答的问题。这是否意味着，那些人是从我身上解脱的碎片，是我肚脐的延伸？这么说就是误入歧途。正如我不知道，我小心翼翼地用光着的大脚趾去撬动的那块扁平石头下边，是否已经让我垂涎欲滴的蚯蚓，以及又白又胖的肉虫子，我同样也不知道，那些在梦中造访我的人，思想里到底隐藏着什么。考虑到我自身，那些人就像这些蚯蚓一样也是外在的。这并不是说，要抹除梦境与清醒之间的差别——此乃致疯之道！——而是说，要构建一种更好的新秩序。那些在梦中只是偶尔勉强成功的事情，或混沌不清，或摇摆不定，或偶然而成，应该将它们理顺、压实、联系并固定起来；

把梦固定到清醒状态,作为方法引出清醒状态,让梦服务于清醒状态,用梦殖民清醒状态,用最好的货品充斥清醒,让梦不再是梦,而清醒,在此番治疗之下,既按照旧办法保持状态,又依照新方式得到塑造。因为我是独自一人,所以不必考虑其他任何人,但是我深知,独自一人对我来说是一剂毒药,因此我并非独处,上帝是我确实难以企及的,但这并不意味着任何人我都无法企及。"

我们这位充满逻辑思维的鲁滨逊接下来继续说:"人离开其他人就像鱼儿离了水,但正如大部分水体都污秽不堪,我身边的那些圈子也不过是成堆的垃圾。亲戚、父母、领导、老师,都不是我自己选的,甚至情人也是如此,因为他们都是悄然出现,我选的(如果确实选过的话)其实都是机缘所赐。既然都像一个垃圾堆,那我的出生—家庭—交友就注定都是偶然的结果,也就没什么可遗憾的了。那么就让《创世记》的开篇之语四处回荡:'走开,你这混沌!'"

我们看到,他说这话时带有堪比造物主的气派:"要有……"因为鲁滨逊确实正在从零开始为自己创造一个世界。他已经不仅是因偶然的灾祸而远离尘世,更是决心从头创造一切。马塞尔·科斯卡特笔下这位逻辑上完美无缺的主人公勾勒出一份规划,而这份规划不久后将毁掉他、讥讽他——难道不正如人类世界对待自己的造物主一样吗？

鲁滨逊不知从何下手：是否该让各种完美的生物环绕四周？天使？飞马？（有几次他甚至想到了半人马。）但摆脱了错觉的他意识到，一群完美生物环伺左右会给他带来烦恼。在最开始，一个此前梦里才有的忠诚仆人会大有帮助，此人应该集管家、化妆师、男佣于一身——胖子格鲁姆（胖子比较开心！）。初为鲁滨逊，我们这位造物主的学徒也在思考民主，像所有人一样（对此他非常确定），他之前能够忍受民主只是迫不得已。还是少年时，入睡前他就会幻想，假如生为一个中世纪的大领主，那该多么美妙。现在他终于可以将梦想变为现实了。格鲁姆要蠢得恰到好处，因为这样自然就显示出了主人的高妙，他自己从不会有任何创见，所以永远也不会拒绝服务，一切都立刻办妥，甚至主人还没来得及吩咐。

作者根本没有解释，鲁滨逊是否——是的话，又如何——替格鲁姆工作，因为故事用第一人称（鲁滨逊的口吻）讲述：所以即便一切都是他（还能怎样呢？）悄悄地自己做了，然后把成果算在处于完美的无意识之中的仆人头上，那么最后呈现在眼前的也只是那些艰苦努力的成果。清晨，鲁滨逊刚刚揉开惺忪的双眼，枕边就已经摆好了精心烹制的他最喜欢的小牡蛎，海水让它们略带咸味，再用酸模草的醋汁调味，白奶油般柔软的蚯蚓作为开胃小菜,洁净雅致地摆在鹅卵石托盘上。而那边不远处,鞋子已经用椰子纤维擦得锃亮,衣服已经备好,用被阳光晒得滚烫的大石头熨烫过,裤子笔挺,双排扣风衣上插着鲜花。但即便如此,主人在用早餐和更衣时也不免抱怨两句,午餐点了燕鸥,晚餐则要喝冰镇的椰汁。而格鲁姆恰如一位好管家,毕恭毕敬地听着主人的吩咐,不发一言但已了然于胸。

主人抱怨,仆人静听;主人下令,仆人遵从,美妙而宁静的生活,宛若在乡村度假。鲁滨逊时常去散步,捡拾美丽的石子,甚至想建个个人收藏馆,此时格鲁姆正在准备餐食——而他自己则什么也不吃:多么节省开支,多么舒适!但是渐渐地,主仆关系中出现了第一颗沙粒。格鲁姆的存在毋庸置疑:怀疑这一点就仿佛怀疑没人注视时树是否还立在那里、云是否还在飘荡。而仆人的无微不至、尽心尽力、忠心耿耿、俯首帖耳却变得令人厌倦。干干净净的鞋子总是候在那里,小牡蛎一早就在坚硬的床边散着香气,格鲁姆一言不发——倒还好,主人不能忍受嚼舌的仆人,但从中可见,岛上并没有一个作为人的格鲁姆。鲁滨逊决定添点儿什么,好让过于简约、略显原始的状态精致起来。给格鲁姆脑子里添点儿懒散、倔强、幽默,这不太可能,他就是这样个人。于是鲁滨逊就找了一个小斯曼做助手兼厨师。那是个邋遢但帅气的小子,你可能会说,似乎是个罗姆人,有点儿懒,但很机灵，喜欢调皮捣蛋，所以现在活计越来越多的不是主人，而是仆人，只不过不是为了伺候主人，而是忙于在主人看到之前，把这小东西搞出来的各种事掩藏起来。其结果是，格鲁姆每天忙着管教斯曼，比以前露面少多了，鲁滨逊有时无意中会听到随着海风飘来的格鲁姆的叫骂声（格鲁姆尖厉的嗓音奇怪地令人想起燕鸥的叫声），但他无意卷入仆人们的吵闹中！斯曼正在让格鲁姆远离主人？那斯曼得快滚，他已经被赶跑了。他甚至偷吃牡蛎！主人准备忘掉这段小插曲——但格鲁姆不太做得到。他干活儿懒散了，叫骂也没有用，仆人依旧沉默不语，比止水还沉静，比纤草还卑微，但现在很明显，他开始思考了。主人当然不会拷问仆人，也不会请求他坦诚相待——难道要当他的忏悔牧师吗？！并非一切都随心顺意，严厉的话语也没有效果——那么，好吧，你这老蠢货，也从我眼前滚开！这是三个月的工钱——去死吧！

鲁滨逊像所有主人一样骄傲，他会浪费一整天的时间来组装一条木筏，然后划到已经在珊瑚礁上撞碎的"帕特雷茨亚"号的甲板上：钱幸好没被海浪卷走。账结清了，格鲁姆消失了，可是——他留下了找的零钱。受到仆人如此羞辱的鲁滨逊，此刻不知道该怎么办。他感到自己犯了错，尽管暂时只是出于直觉：什么，到底是出了什么问题？

"我是上帝，我无所不能！"他告诉自己要振作起来，并且立刻找来了个"女性星期三"。她是——我们可以猜想——援引了"男性星期五"的范式，同时又是他的对立面。但是这个年轻、质朴的小姑娘可能会给主人带来诱惑。他会很容易地死在她那难以企及、美妙奇异的怀抱中，在发情和性欲的狂热里迷失自我，因为那苍白神秘的微笑、若隐若现的侧影、沾到篝火灰烬而苦涩的赤裸足跟、泛着羊脂气息的双耳而变得癫狂。于是他突发灵感，立刻将小星期三弄成了三条腿，在更平凡、陈腐的客观日常里，他是做不到这一点的！但在这里他是造物主。他这样做，就仿佛某人有一桶甲醇做的、有毒但非常诱人的烈酒，他自己用塞子把它塞死，否则他将与诱惑为伴，而那诱惑他永远无法满足。与此同时，他也会时刻保持警惕，因为在情欲的冲动下，他仍有可能拔掉酒桶的密封塞子。自此开始，鲁滨逊将与一位三条腿姑娘相伴了，当然，他可以想象一下姑娘没有中间那条腿的样子，但也仅此而已。他将成为一个没有付出过感情、挥霍过柔肠的富人（何必在某个人身上挥霍呢？）。小星期三让他联想起"孤儿"[①]，也让他想起"中间"（一周的中间：显然是性的象征），因此将会成为他的贝雅特丽齐[②]。实际上，这个14岁的小丫头懂得什么叫但丁的爱欲战栗吗？鲁滨逊真的很为自己感到

[①] 波兰语中"星期三"和"孤儿"的写法非常相似。
[②] 《神曲》中反复提及的圣女名为贝雅特丽齐。

满意。他自己创造了她,把她置于自己的面前——用她的三条腿——堵住自己的路。但是很快,事情开始变得不妙了。在关注了一个堪称重要的问题之后,小星期三其他那么多重要的特点都被鲁滨逊忽略了。

开始时还只是一些纯洁之事。他有时想偷窥一下小姑娘,但足够的自尊让他克制了这种冲动。可在此之后,各种想法就在他的脑子里铺陈开来。姑娘做的是之前格鲁姆的工作。捡牡蛎没什么问题,但掌管主人的衣橱,甚至内衣?这里就能看出些许暧昧了——不!——绝对清白!所以天色未亮之时他就悄然起身,趁她肯定还在熟睡的时候,在海湾里自己把内裤洗净。但是既然已经早起,干吗不一鼓作气?是的,就算为博一笑吧(但只是自己作为主人的独自浅笑了),把她的东西也洗了?这些东西不也是他给的?他冒着被鲨鱼吃掉的危险,几次孤身钻进"帕特雷茨亚"号的船舱里——找到一些女人的衣服、短裙、连衣裙、内裤,而当他把这些都洗好后,还得把它们晾在两棵棕榈树之间的绳子上。这是危险的游戏,尤其危险的是,尽管岛上已经没有作为仆人的格鲁姆了,但他并未彻底消失。鲁滨逊几乎能听到他粗重的喘息声,能猜到他的想法,尊贵的主人可从来没给我洗过任何东西。格鲁姆在的时候,绝不敢用这么含沙射影的语气说话,而不在的他,反而变得嚼舌絮叨了!格鲁姆不在了,的确如此,但他留下了一片虚空！在任何具体的地方都看不到他，尽管他在的时候，也总是谦卑地躲藏起来，从不会挡住主人的路，不敢在主人面前抛头露面。而现在的格鲁姆简直吓人：他那病态的、鼓胀的眼球，他那刺耳的嗓音——一切都回来了，与斯曼的那些久远的吵闹，像海鸥的尖叫般刺耳。格鲁姆在成熟的椰子堆里，露出他毛茸茸的胸脯（这样无耻的隐喻是什么目的！），靠着棕榈树皮弯下腰，像一个水里冒出来的溺死鬼，瞪着一双鱼眼（鼓着！）盯着鲁滨逊。在哪儿？在那儿，海岬上有块岩石——因为他有个自己的小嗜好：喜欢坐在海岬边上，用嘶哑的嗓音咒骂那些年老体衰的鲸。它们正在大海里喷吐着水柱，过着自己的日子。

要是能与小星期三顺畅沟通，使早已变味的主仆关系能够恢复服从与命令，在男性主人的严厉与成熟下，使这份关系安定下来，得到控制，使男主人变得更帅气！事实上这是一位极其简单的姑娘，她从没听说过格鲁姆，跟她说这些就仿佛对牛弹琴。即便有什么自己的想法，她也绝不会吐露心声。这看似是单纯、胆怯（似乎也挺管用！），实际上这种"少女心"却天生狡黠，务实、安静、克制、高傲的男主人有何好恶，她全都一清二楚！更有甚者，她会一下消失几个小时：入夜之前都不见踪影。也许是斯曼？因为肯定不是格鲁姆，这一点排除了！格鲁姆肯定不在岛上。

到这里，天真的读者（此类读者不乏其人）已经可以想见，鲁滨逊正在饱受幻觉之苦，已经陷入疯癫。这完全是两码事！如果他是奴隶，也只是自己创造物的奴隶。因为唯一一件对他有治愈作用，可能对他有极端影响的事，他却无法对自己说出口。那件事就是格鲁姆根本不曾存在，斯曼也一样。首先，如此明确的否定将带来一阵极具破坏性的浪潮，此刻存在的小星期三作为一个无助的牺牲者，将受到打击。此外，一次如此复杂的解释将彻底而永远地让作为造物主的鲁滨逊瘫痪。因此，无论还会发生什么，他也不会向自己承认他的造物根本不存在，就像真实的、真正的造物主从来不会向自己的造物承认他创造了恶一样。因为无论前者还是后者，这都将意味着彻底的失败。上帝不曾创造恶，与此类似，鲁滨逊也没干过这种事。二者都是自己创世神话的囚徒。

在格鲁姆面前，鲁滨逊就是这么毫无还手之力。格鲁姆还在，但总是离得较远，扔石头、用棒子都难以触及，甚至趁夜把小星期三绑在木桩上作为引诱他的陷阱也无济于事（鲁滨逊已经到达如此地步了！）。被赶跑的仆人无迹可寻，但又无处不在。倒霉的鲁滨逊，如此想要避免平庸，如此想要出类拔萃之人环绕左右，却污染了自己，因为格鲁姆已经遍布全岛。

因此主人公忍受着极大的痛苦。那些与星期三在午夜的争执和对话,还有那些被沉郁、阴柔,又极具挑逗性的沉默持续打断的交谈,作者都描写得十分精彩。在那些交谈中,鲁滨逊已经失去了所有的尺度和克制,全部的主人气派都被抛到脑后,他已经为她的所有——被她的一颦一笑所左右。穿透黑暗,他能感受到姑娘那淡淡的微笑,而当疲惫不堪、大汗淋漓的他在坚硬的床榻上辗转反侧直至天明时,就会有龌龊而疯狂的念头袭来,他开始臆想,还能对星期三做点儿什么……也许可以按照天堂里的方式?自此——在他的胡思乱想中——诞生了各种隐喻,从围巾做的九尾鞭和巨蟒,到《圣经》里的蛇,到尝试切掉海鸥的脑袋,仿佛就切掉了"海鸥"这个单词的首字母[①],剩余的部分就变成Ewa,也就是夏娃。那么显而易见,亚当就只能是鲁滨逊了。但他清楚地知道,如果他无法摆脱格鲁姆,这个在服侍他的期间对他保持高冷的终身制男仆,任何除掉星期三的计划都将意味着一场灾难。不管她以何种形式存在,都好过分手:这一点很清楚。

所以接下来就是一个堕落的故事了。每晚洗女士内衣成了某种真正的神秘仪式。半夜醒来的他,努力倾听她的呼吸。然后他就知道,现在至少可以自我斗争一下,不动地方,不往那个方向伸手——假如他赶走了这个小害人精,那就什么也没有了!在第

[①] 波兰语中"海鸥"一词为Mewa,去掉首字母M后的剩余部分Ewa就是夏娃之意。

一缕阳光中,她那已清洗过、晒得发白、千疮百孔的内衣(看看那些洞的位置!),在风中轻浮地招摇;现在鲁滨逊懂得了所有最卑微的痛苦,那是不幸的恋人的特权。她那破镜子,她那小梳子……鲁滨逊开始逃离他的洞窟居所,他不再厌恶格鲁姆咒骂懒惰的老鲸鱼的海岬了。然而不能一直这样持续下去:所以不要这样。他匆匆奔向海滩,去等待跨大西洋蒸汽轮船"菲尔甘尼卡"号巨大的白色船身,被一场暴风雨(也许是随手画出的?)抛上滚烫的、铺满闪闪发光的死珍珠贝的沙滩。这是怎么回事?为什么有些珍珠贝在自己身体里藏了发卡,而另一些柔柔地吐出被濡湿的沾满黏液的骆驼牌烟头——到鲁滨逊脚下?难道这些信号不是在明确显示,甚至沙滩、沙子、颤抖的海水和水面上漂浮的泡沫,都已不是物质世界的构成部分了?然而是否如此——当"菲尔甘尼卡"号的船体伴着可怕的巨响在礁石上碎裂时,它将令人难以置信的实物抛撒在翩翩起舞的鲁滨逊面前,此时一场大戏就在沙滩上上演,这场戏剧是完全现实的,是得不到回报的感情的哭泣……

我们要知道,从此处开始,书变得越来越难懂了,读者要花费不小的气力。之前的故事发展脉络非常清晰,但从这里开始变得纠缠不清。是不是作者故意想用不和谐音扰乱故事的讲述呢?星期三生下的一对吧台凳是干什么用的?我们可以猜想,他们三条腿的特征来自遗传,这很清楚,好吧,但谁是这对吧台凳的父亲?这是否是家具的无罪受孕状态?之前只会唾弃鲸鱼的格鲁姆,为什么竟然成了它们的亲属(鲁滨逊跟星期三说起他时用的是"鲸鱼的表弟")?接下来,在第二卷的开头,鲁滨逊有三到五个孩子。数字不确切我们还可以理解:这是已经错综复杂的虚幻世界的特征之一,造物主已经无力将被创造者的所有细节都了然于心了。非常好。可那些孩子是鲁滨逊跟谁生的?是纯粹的意念行为创造的,就像之前创造格鲁姆、星期三、斯曼一样?还是通过间接想象行为,也就是和女人一起生育了他们?关于星期三的第三条腿,在第二卷里已经只字未提了。这是否意味着某种反创造的萃取?在第八章里,那段与"菲尔甘尼卡"号上的公猫的对话似乎可以证实这一点,那只公猫对鲁滨逊说:"你这个拔腿的家伙。"但是既然鲁滨逊根本没有在船上找到那只公猫,也没有以任何方式创造它,那这只公猫就该是格鲁姆的姑妈想象出来的,关于她,格鲁姆的妻子说她是"极北族人[①]的产妇"。遗憾的是,除了一对吧台凳外,星期三是否还有别的孩子就不得而知了。星期三不承认自己生了孩子,至少在因嫉妒而大吵大闹的情况下,对鲁滨逊的所有问题都闭口不言,这个时候,不幸的家

---

① 在希腊神话中,极北族人是居住在希腊以北极远处的传说民族,他们的国度被称作许珀耳玻瑞亚。

伙正在用椰子纤维编织绞索。

在如此境况下,主人公自称为"非鲁滨逊",甚至"无为鲁滨逊"。但是既然他迄今为止做了这么多(就是说创造了这么多),那么这一段该如何理解呢?为什么鲁滨逊说,尽管他不完全拥有星期三那样的三条腿,但在这方面他与她还是高度相似的——这一点或多或少还可以理解,但第一卷收尾的一个要点,在第二卷既没有解剖学上的,也没有艺术层面的呼应。接下来无论是极北人的姑妈的故事,还是伴随她变形的儿童合唱都毫无趣味可言("我们这里有三条、四条半腿,老脚后跟!"——脚后跟是星期三的叔叔——在第三章里,鱼儿们这么嘀咕他,又是某种对脚后跟的暗喻,只是这里指的是谁的脚后跟?)。

越是深入第二卷,越是让人不明所以。在第二部分,鲁滨逊已经完全不和星期三讲话了。他们的最后一次沟通——是那封信,午夜时分,在山洞里,她摸黑在篝火的余烬里给鲁滨逊写了一封信。借着晨曦他读了那封信,但在读之前,他已在昏暗中猜到了信的内容。他颤抖着,手指摸索着冷却的炉渣……"让他别再烦她了!"她写道,而他没有胆量回复哪怕只言片语,窘迫地逃走了——去干吗?去组织珍珠贝小姐竞选,去用棍子打棕榈树,把它们从头骂个遍,去海滩大道上喊出自己的计划,就是把海岛套在鲸鱼的尾巴上!也是在那个时候,只用了一上午的时间,成群结队的造物就诞生出来了。他漫不经心、随性而为,随便写一些姓名、绰号,任意地创造出各种生命存在——但彻底的混乱随之而至:那场景就像钉成一艘木筏再捣碎它,就像给星期三造一座房子再拆毁它,就像胳膊粗多少双腿就细多少,就像没有甜菜就搞不成的狂欢,当主人公分辨不清耳朵和馄饨的区别、鲜血和红菜汤的差异!

所有这些不算尾声有差不多170页!这就激起人们的一个印象,即鲁滨逊要么否定了最初的计划,要么是作者自己在作品中搞乱了。然而儒勒·奈法斯特在《文学费加罗》中声称,这部作品是"纯粹的疾病诊断"。与自己的人类行为学创世计划相反,塞尔鸠什无法避免妄想症。真正持之以恒的唯我式创造,其结果一定是精神分裂。本书尝试图解这一简单的真理。因此,奈法斯特认为此书在思想上乏善可陈,尽管不乏引人入胜之处,这是作者的创意使然。

然而阿纳托尔·福谢在《新批评》上发表文章质疑《文学费加罗》上发表的同行的观点,他说,无论《鲁滨逊家族》在述说什么,奈法斯特是一个在心理学方面资质不足的人,我们认为这说到了点子上。在此之后出现了很长一段关于唯我主义和精神分裂之间缺乏联系的论证,然而我们认为这个问题对全书来说无关宏旨,所以在这方面我们推荐读者读《新批评》。而福谢接下来如此阐释小说的哲学思想：作品表明，创造行为是不对称的，因为一切都可以用思想创造，然而并非一切（几乎没什么）能够用思想湮灭。创造者本身的记忆也不允许这样做，它是独立于创作者意志的。福谢认为，事实上小说与疾病诊断史毫无共通之处（无人岛上的某种疯狂），但它展示了创造中的迷失状态：鲁滨逊的行为如此毫无意义，因为他自己从中一无所获，但从心理学的角度看是可以清晰解释的。对于在某些状况中跋涉的人来说，这是非常典型的挣扎。他只是部分预见这些状况，这些状况按照自己的特性凝结，将其变成俘虏。福谢强调，从现实的状况中可以现实地逃脱，然而从想象的现实中却无处可逃，所以《鲁滨逊家族》只是在袒露，对人来说，真正的世界是不可或缺的（"真正的外部世界才是真正的内部世界"）。科斯卡特先生笔下的鲁滨逊根本没有疯——只是他在无人岛上构建一个统一整体的计划从诞生之日起就注定失败。

根据这些结论，福谢也否认《鲁滨逊家族》有更深刻的价值，因为——如此解释之后——作品实际上显得乏善可陈。本评论家认为，前边引用的两位批评家都未能切中要害，都没有读懂书中的内容。

我们认为，无论是无人岛上的疯狂史，还是与唯我主义的创造万能观的争论，都远比作者阐释的东西平庸（最后一种争论完全无意义，因为在成体系的哲学中，从没有人宣称过唯我主义的创造万能观，也许有，但在哲学中与风车作战肯定不划算）。

根据我们的看法，鲁滨逊"发疯"时所做的事不是任何的疯狂——也不是什么有争议的愚蠢。小说主人公最初的意图是合理而健康的。他知道，他者是每个人的局限，从中仓促得出的认识，即消灭他者就给主体提供了完美的自由，在心理上是错误，它对应的是一个物理学上的错误，即宣称，既然装水的容器给水赋予了器物的形状，那么打破一切器物就将使水获得"绝对的自由"。与此同时，就像水一样，摆脱了容器，洒成一片泥泞，一个彻底孤独的人也会这样爆发，而这个爆发是一种彻底非文明化的形式。如果没有上帝，也没有他者，他们的归来也毫无希望，那么就得通过构建某种信仰体系来进行自救，这个体系对于创造者来说必须是外在的。科斯卡特先生笔下的鲁滨逊理解了这个简单的道理。

而接下来，对于一个普通人来说，最被渴望的，同时又是完全现实的，是那些遥不可及的生命。每个人都知道英国女王，知道她的公主妹妹，知道美国前总统夫人，知道著名的影星，每个正常人都不会丝毫怀疑这些人的实际存在——哪怕不能直接（靠触觉）证实他们的存在。而有幸直接认识这些人的人，不会再把他们看作财富、女性、权力、美貌等方面的典范，因为在与他们的直接交往中，通过日常琐事可以体会到他们的平凡、普通和作为人的弱点。一旦靠近观察就会发现，这些人绝非神灵或超凡脱俗之人。所以真正完美无缺，令人寤寐求之、朝思暮想的一定是遥不可及的人。正是超越人群之上才赋予了他们有磁性的魅力，不是身体或灵魂的特质，而是不可逾越的社会距离才为他们制造了诱人的光环。

就这样，鲁滨逊力图在自己的岛上，在自己创造出的人群内部，复制现实世界的这一特征。但他从一开始就错了，因为他从身体上是背对那些被创造者的——格鲁姆们、斯曼们，等等——刚好是主仆之间很自然的距离，但当他给自己送来个女人时，就会很乐于打破这种距离。他既不能，也不想拥格鲁姆入怀，而现在，面对一位姑娘——只剩下不能。而且问题不在于（因为这不是任何智力问题！）他不能将不存在的女人拥入怀。要明白，这是不可能的！问题在于，要用思想创造这样一种情况，其自身的自然法则将永远阻挠爱欲的接触——与此同时这一法则又完全忽略姑娘的不存在。这一法则，而不是女伴不存在这一庸俗粗鄙的事实要管束鲁滨逊！因为接受其不存在这一事实——将把一切都毁掉。

在猜到了该做什么之后，鲁滨逊开始着手干活儿——在岛上建立一个完整的假想社会。它将矗立在他与姑娘之间，构建起一个隔绝、阻碍系统，给出那个无法逾越的距离，这样他就可以爱她了，可以持久地渴求她——而当他有伸手触摸她身体的冲动时，也不再会暴露于任何世俗环境之下。他知道，只要有一次在这场自己与自己的斗争中屈服，如果尝试去触碰她——他创造的整个世界就会立刻崩塌。这就是为什么他开始"发疯"，忘乎所以、不顾一切地按照自己的想象创造出成群的人——那些绰号、姓氏，随意编造的名字想出来就立刻写在沙地上，嘴里咕哝着格鲁姆的妻子们、姑妈们、老脚后跟们，等等。而这些成群结队的人，只是作为某种不可克服的空间才被需要（他们将存在于他和她之间）——所以他创造随意，错误百出、粗制滥造、混乱不堪、匆匆忙忙，这种匆忙也让被创造者蒙羞，暴露了他的头脑混乱和未经深思熟虑的廉价。

假如能够成功，他将成为永远的恋人、但丁、堂吉诃德、少年维特，从而立于不败之地。星期三——不是显而易见吗？——届时将成为一个现实版的贝雅特丽齐、绿蒂，或者一位女王或者公主。当她变得完全现实，同时也将遥不可及。这样他就可以一边生活，一边梦想她，这时在两种情况之间会出现深刻的差别，一种是某人在清醒状态下思念自己的梦，另一种是清醒以自己的难以企及来诱惑清醒。因为只有在第二种情况下才能继续怀有希望……既然只有社会距离或者其他类似的阻隔才能抹除爱情圆满的机会，那么只有当她对他同时变得现实化和不可及化，鲁滨逊对星期三的态度才能正常化。

马塞尔·科斯卡特破除了被厄运拆散的恋人终成眷属的传统童话，代之以关于必须持久分离的本体论童话，因为只有持久分离才是精神持久结合的保证。在懂得了"第三条腿"的低级错误之后，鲁滨逊（而非作者，这一点应该明白！）在第二卷中默默地将她遗忘。他想把星期三变成自己世界的女主人、冰山公主、不可触碰的情人，就是那个在他那里开始接受教育，接替胖子格鲁姆的纯朴小女佣……而这恰恰没有成功。你们是否已经知道，已经猜到背后的原因？答案非常简单：因为星期三不是什么女王，她了解鲁滨逊，因为爱着他。她不想成为什么维斯塔贞女①，这种分歧将主人公推向毁灭。假如只是他爱上她，对！可她也回报了感情……谁不明白这个简单的真理，谁会觉得，正如维多利亚时代的家庭女教师教导我们祖辈的那样，我们爱别人，而不爱其他人心中的那个自己，就最好不要触碰马塞尔·科斯卡特先生写给我们的那种令人悲伤的恋情。鲁滨逊为自己梦想出了一个他的姑娘，他不想将她彻底交付给清醒，因为她就是他，因为在那永远不会放过我们的清醒之中，除了死亡，没有其他的唤醒方式。

---

① 侍奉古罗马圣火维斯塔女神的女祭司。

帕特里克·汉纳汗
《吉伽美什》①

（跨世界出版公司——伦敦）

这位作者嫉妒乔伊斯荣获的众多桂冠。《尤利西斯》把奥德修斯的旅程聚焦为都柏林一日，把喀耳刻②的地狱宫殿做成了"美好年代"③的衬里，将格蒂·麦克道尔④的紫色衣衫拽进广告推销员布鲁姆的绞索，用40万单词的进军向维多利亚主义表示

---

① "吉伽美什"（Gigamesh）词义为"千兆网络"，同时与古巴比伦史诗《吉尔伽美什》（Gilgamesh）发音相似，少了个"L"。
② 希腊神话中住在艾尤岛上的一位令人畏惧的女神。在古希腊文学作品中，她善于运用魔药，并经常以此使她的敌人以及反抗她的人变成怪物，是女巫、女妖、巫婆等称呼的代名词。
③ "美好年代"是欧洲社会史上的一段时期，从19世纪末开始，至第一次世界大战爆发而结束。
④ 《尤利西斯》中的人物。

不满,使他的笔所能支配的所有修辞风格——从意识流到判决书——都被摧毁。这难道还不是小说艺术的高潮,同时又是艺术家族墓地的一场隆重葬礼(《尤利西斯》中也不乏音乐!)?显然不是,詹姆斯·乔伊斯自己显然不这样认为,因为他决定继续走下去,写一本不仅在单一语言中聚焦文化的书,而且要让其成为全语言透镜,直抵巴别塔的根基。我们在这里既不确认,也不否定《尤利西斯》和《芬尼根的守灵夜》的出色,它们因双倍的冒险精神而已经近乎无边无际。一篇孤独的书评无异于一粒种子,抛在隆起在这两本书上的致敬与咒骂之山上。然而有一点可以确定,就是作为乔伊斯同胞的帕特里克·汉纳汗,要不是有这个被他当作挑战对象的伟大先例,他大概永远也写不出自己的《吉伽美什》。

人们可能会觉得,这个想法从一开始就注定失败。写第二部《尤利西斯》和写第二部《芬尼根的守灵夜》都一样不值得。在艺术的巅峰之处只有最先获得的成就才作数,就像在登山史上——只看重未被征服的绝壁第一次被翻越。

汉纳汗对《芬尼根的守灵夜》比较宽容,但对《尤利西斯》评价不佳。"这算什么主意,"他说,"把19世纪的欧洲当成爱尔兰,塞进《奥德赛》的棺椁里!荷马原著本身的价值就值得怀疑。那是个把尤利西斯当作超人歌颂的古代连环画,有着自己的大团圆结局。"以小见大①：从范本的选择上就可以看出作家的格局。实际上《奥德赛》就是对《吉尔伽美什》的剽窃，而且迎合了普通希腊民众的口味。在巴比伦史诗中以失败收场的悲剧，到希腊人那里则变成了沿着地中海美妙的驾船狂欢。航行是必修课，"人生是旅程"，我看这是人生大智慧。《奥德赛》在抄袭过程中彻底丧失教化价值，因为它丢掉了吉尔伽美什战斗的伟大之处。

应该承认，《吉尔伽美什》——正如苏美尔学告诉我们的那样——的确包含一些荷马曾经借鉴过的主题，例如，奥德修斯主题、喀耳刻主题以及卡戎主题，还应该承认的是，它至少是悲剧本体论的最古老版本，因为它展现了在36个世纪后被莱纳·玛利亚·里尔克②称之为成长的东西，关键在于"被越来越大的东西征服"③。人的命运作为一场战斗，无可避免地走向失败，而这才是《吉尔伽美什》的终极意义。

因此，帕特里克·汉纳汗决定在巴比伦史诗的基础上展开自己的史诗画卷。我们要指出的是，这是一幅很独特的画卷，因为他的"吉尔伽美什"在时间和空间上都非常有限。臭名昭著的

---

① 原文为拉丁文。
② 莱纳·玛利亚·里尔克（Rainer Maria Rilke, 1875—1926），德语诗人、作家。
③ 原文为德文。

流氓、雇佣杀手、最后一次世界大战期间的美军士兵G. I. J. 美什（G. I. J.——Government Issue Joe的缩写——意为"国家版的乔"，以此称呼美国士兵）在实施犯罪时被一个告密者N. 基迪揭发，按照军事法庭的判决，他要在一个小地方——其部队驻扎的诺福克县被处以绞刑。整个过程持续36分钟，包括将囚犯从监狱带到执行点。故事的结尾是一个绞索画面，黑色的绳套——背景是蓝天——落在平静站立的美什的脖颈上。这个美什就是吉尔伽美什，巴比伦史诗中半人半神的英雄，而那个将他送上绞架的老伙计N. 基迪，则是吉尔伽美什最亲近的朋友恩奇都，众神创造他就是为了让英雄罹难。经我们如此详细的阐释，《尤利西斯》与《吉伽美什》创作手法的相似之处就袒露无遗。为公正起见，我们应关注两部作品的差别。这项任务并不困难，因为汉纳汗不同于乔伊斯，他为这本书配上了一份《释义》，而这份《释义》比小说本身的体量还要大一倍（具体而言——《吉伽美什》有395页，而《释义》有847页）。从《释义》长达70页的第一章里，我们立刻就可以了解汉纳汗的创作手法如何，那一章为我们解释了从一个词，也就是标题中衍生出的各种典故的多向性。很明显，"吉伽美什"首先来源于吉尔伽美什；与此同时，故事的神秘原型也呈现出来，就像乔伊斯一样，因为他的《尤利西斯》也在读者开卷之前就指明了其古典出处。在《吉伽美什》中放弃了字母L并非偶然，字母L是Lucipherus，即路西法①、黑暗公爵,存在于作品中,但并未以人形出现。所以字母L对于吉伽美什的名称就像路西法之于小说中的事件:他就在那里,但隐身不见。通过"逻各斯"(Logos)②,L又指向初始(因果词创世),通过拉奥孔(Laocoon)指向终结(因为造成拉奥孔终结的是蛇:他被蛇勒死,就像《吉伽美什》的主人公将被绳索勒死)。字母L还有97个暗指,这里不能一一列举了。

接下来,吉伽美什(Gigamesh)又指"A GIGAntic MESS"(巨大的混乱)——可怕的混乱,主人公陷入穷途末路,注定死亡。这个词还包含"gig",一种小救生艇(美什将受害者浇上水泥放进艇里沉入水中),而GIGgle——讪笑,可怕的——这是给《哀叹浮士德博士》中堕落地狱的音乐主旋律的1号注释,这一点我们会单独谈及,GIGA——首先是意大利语的giga(小提琴),再次暗喻史诗的音乐潜台词;其次,GIGA这个单词前缀表示十亿量级(例如Gigawatt是千兆瓦)——此处指科技文明的邪恶力量。Geegh是一句古凯尔特语:"从我这儿滚开。"从意大利语的"Giga"到法语的"Gigue"最终到德语方言中的

---

① 路西法是宗教传说人物。原意为"明亮之星",用来影射古巴比伦的君王尼布甲尼撒,经后世传播,成为基督教中的堕落天使。
② 希腊文的原义是"话语"的意思,但是它包含了多层含义。一方面代表了语言、演说、交谈、故事、原则等意涵,另一方面也代表了理性、思考、计算、关系、因果、类推等。

"Geigen"（意为交配）。囿于篇幅，我们不能继续追溯这些词源。不同的字母分割，例如："Gi-GAME-Sh"，预示着作品的不同方面："Game"是游戏，但也是狩猎（目标是人：这里的目标是Maesch，即男主角美什）。此类情况甚多，年轻时代的美什曾是个男妓（GIGolo），"Ame"在古日耳曼语中意为奶妈，而"Mesh"则是网，例如那张玛尔斯（Mars）将天神妻子和她的情人捉住的网，所以那是陷阱、圈套、套索（绞索），而且是齿轮系统（例如：synchroMESH——同步咬合）。

有专门一节讲题目的倒读——因为在前往刑场的时候，美什的思绪是回溯的，追寻那恐怖的罪行，如何得来了绞刑。他的思想中在进行一场赌注最高的游戏（Game！）：如果他能回忆起一桩无比恶心的行为，堪比上帝救世的无尽牺牲，那就意味着他成了一名反救世主。在形而上学方面，美什当然是故意不去触碰反神义论；而在心理学层面，他在寻找能让其面对绞索无动于衷的恐怖感。因此G. I. J. Maesch就是这样一个吉尔伽美什，在失败中获得完美——负面的完美。这就是面对巴比伦英雄时，不对称的完美对称。

倒读的吉伽美什就成了szemagig[①]。Szema——是出自《摩西五经》的古希伯来词汇（Szema Israel! ——"听着，以色列，你

[①] "sz"在波兰语中的发音类似英语的"sh"。

的上帝是唯一的上帝！"）。我们是倒读，所以这里指的是反上帝，就是对恶的拟人化。现在"Gig"自然被看成"Gog"（看成歌革和玛各①）。"Szem"实际上是"Szym"——是柱顶修士圣西蒙（Szymon Słupnik）②的名字的首部分：绞索从柱顶垂下，因此被吊着的美什将成为"反向柱顶修士"，因为他不是站在柱顶，而是在柱顶下边（从柱顶垂下来）。这就是进一步的反对称。以这种方式，汉纳汗在自己的解经学中列举了2912个古代苏美尔语、巴比伦语、迦勒底语、希腊语、教会斯拉夫语、霍屯督语③、班图语、南库里尔斯克语、犹太西班牙语④、阿帕契方言（众所周知，阿帕契印第安人总是喊着"Igh""Hugh"）的词汇，外加上它们的梵文储备以及暗指的黑话，他强调，这不是个偶然的旧货仓库，而是精确的语义风向玫瑰图⑤、作品的多维度罗盘和地图，它的地图学将所有的那些关联展现出来，预示着小说将以复调的方式进行。

为了比乔伊斯走得更好、走得更远，汉纳汗决定将该书做成

---

① 《圣经》中的巨人族首领，在先知的预言中是人类反抗基督的领袖。
② 叙利亚苦行僧，据说曾在柱顶生活36年。
③ 现在称为科伊科伊语，是南部非洲科伊科伊人、纳马人、达马拉人和海奥姆人使用的语言，主要分布在纳米比亚、博茨瓦纳和南非，霍屯督语是旧称。
④ 源自中世纪西班牙语的罗曼语言，使用者主要是塞法迪犹太人。
⑤ 风向玫瑰图，简称风玫瑰图，也称风向频率玫瑰图，是根据某一地区多年平均统计的各个风向的百分数值，并按一定比例绘制，一般多用8个或16个罗盘方位表示，由于形状酷似玫瑰花朵而得名。

一个枢纽(绳套!),不仅是所有文化、所有民族的枢纽,还是一个所有语言的枢纽。这种研究是必须的(仅是吉伽美什中的一个字母"M",就可以将我们引向玛雅人的历史,引向维齐洛波奇特利神①,引向所有阿兹特克人的宇宙演化学以及他们的灌溉系统),但还远远不够!因为这本书是用人类的全部知识整体织就。还有,它不仅包含当下的知识,还包含科学史,因此也包含巴比伦楔形文字的算术,包含从托勒密到爱因斯坦时代那些已经化为灰烬、灰飞烟灭的世界图景——迦勒底人的、埃及人的,包含矩阵算法和脊椎算法,包含张量代数和群,包含明朝烧制花瓶的方法,包含李林塔尔②、赫罗尼姆斯③、达·芬奇等人发明的机器,安德鲁的绝命气球④和诺比莱将军的气球⑤(关于诺比莱探险期间发生的食人事件,对于小说来说有着深刻而独特的意义,因为它仿佛是一个定点,一个糟糕的重物从那里坠入水中,扰乱了如镜的水面:环绕《吉伽美什》的涟漪越传越远——这就是人类在地球上生存的"全部",从爪哇猿人开始、从古猿开始的全

---

① 阿兹特克人的战神、部落神、特诺奇蒂特兰的主神。
② 奥托·李林塔尔(1848—1896),德国航空先驱,被称为"德国滑翔机之王"。
③ 伽兰·赫罗尼姆斯(1895—1988),美国无线电学家。
④ S. A. 安德鲁(1854—1897),瑞典首位气球活动家,曾开展北极气球探险活动,不幸遇难。
⑤ 翁贝托·诺比莱(1885—1978),意大利飞行员、航空工程师、北极探险家,曾驾驶飞艇飞越北极。

部）。所有这些信息都存在于《吉伽美什》内部——隐身于此，但可以找寻——就像在现实世界中一样。

我们就此趋近汉纳汗的构思：为了超越伟大的同胞和前辈，他想在这部文学巨著中，不仅包含语言文化的成果，还要包含历史学的成果——普遍认知的和全面工具性的（全知识）。

这一目标的不可行性显而易见，似乎有点儿痴人说梦的意味，一本关于吊死一个流氓的小说，怎么可能成为全球图书馆所藏知识的精华、母体、关键和宝库！汉纳汗完全了解读者的这种冷淡，甚至是讥讽的不信任态度，所以他不限于做出承诺，而是在《释义》中证明自己。

我们无法对其进行归纳，而且汉纳汗的创作手法我们也只能用非常零散和边缘化的例证加以展示。《吉伽美什》的第一章有8页，死刑犯一边在军事监狱里上厕所，一边读着他面前墙壁上其他士兵留下的难以计数的涂鸦。他只是漫不经心地扫过那些题词。他发现，那些词句的极度淫秽仍算不上什么——恰恰是因为他没有给予过多的关注——因为通过它们，我们可以直接抵达人类肮脏、闷热、巨大的肚肠，到达满是脏话和生理象征的地狱，那象征通过《欲经》①和中国的"斗花魁"，带着原始人的肥臀爱神直达黑暗

---

① 古印度一本关于性爱的经典书籍。

洞穴，那些在墙上胡乱涂抹的恶心行为下，正是他们裸露的生殖器官在向外张望。与此同时，在另外一些画上，阳具统一指向东方，一场生殖器图腾的神圣仪式化，尽管东方意味着最初的天堂之所，但这个无伤大雅的谎言无法遮挡一个事实，即从一开始信息就非常糟糕。就是这样：因为性别和"罪责"产生于原始阿米巴虫失去单性贞操的地方，因为性别的等值性和两极性应该直接从香农①的信息论中导出，这就足以理解，史诗题目（gigameSH）中最后两个字母（SH）的用意何在！因此，一条大道就从厕所墙壁上直通到自然进化的渊薮深处……不计其数的文化将它作为遮羞的无花果叶。但这也不过是沧海一粟，因为这一章还包含：

象征阴性的毕达哥拉斯圆周率π（3.14159265359787……）②，由这一章一千个单词中所包含的字母数量表示。

当我们把魏斯曼③、孟德尔、达尔文的出生日期变成数字，并把它当作解码文本的钥匙，我们会发现，厕所污秽文学的表面混乱实际上是一场性力学讲座，在其中相互冲突的身体被交媾的身体代替，而整个意义链条开始与作品的其他部分相咬合（同步咬

---

① 克劳德·艾尔伍德·香农（Claude Elwood Shannon，1916—2001），美国数学家、电气工程师和密码学家，被誉为"信息论之父"。
② 《辞海》定义π = 3.141592653589793……
③ 弗里德里希·利奥波德·奥古斯特·魏斯曼（Friedrich Leopold August Weismann，1834—1914），德国进化生物学家。

合！），具体地说：通过第三章（三位一体！）关联第十章（十月怀胎！），而倒读最后一章时可以发现，它成了用阿拉姆语阐释的弗洛伊德学说。这还并非全部：像第三章所证明的——如果我们把它放到第四章上，把书颠倒过来——弗洛伊德学说，也就是心理分析理论，就构成了基督教思想被自然主义世俗化了的版本。神经症之前的状态等于天堂，儿童时期的伤害则是堕落，神经症患者就是原罪者，心理分析师则是拯救者，而弗洛伊德疗法就是慈悲的救赎。

在第一章末尾，吉伽美什吹着16小节的小曲（他在救生艇里强奸并勒死的姑娘就是16岁）离开了厕所；小曲的词也很龌龊——他只是这样想。那次的出格在那一瞬间有着自己的心理学原因；此外，小曲的节拍数量也给予我们一个下一章的方形矩阵变换（它有两层不同的含义，取决于我们是否对其使用矩阵）。

第二章是对第一章中美什用口哨吹出的亵渎神明的小曲的发展，但是在使用了矩阵之后，亵渎之语变成了天使之歌。总共有三个所指：（1）马洛的《浮士德》（第六幕第二场开始）；（2）歌德的《浮士德》（"一切无常事物，无非譬喻一场。"①）；（3）托马斯·曼的《浮士德博士》——对托马斯·曼

---

① 本句为《浮士德》的结尾，参照董问樵先生的译本。

的援引堪称大师手笔！因为整个第二章，当其单词的所有字母都按照旧格里高利谱号确定音符时，结果就成了一部音乐作品，汉纳汗重新（因为来自曼的描述）将《启示录及其他人物》翻译成了音乐作品，如我们所知，曼将这部作品归功于作曲家阿德里安·勒弗库恩。在汉纳汗的作品中，这种地狱音乐既存在又不存在（显然是不存在）——就像路西法（字母"L"在标题中被省略）。第九、十、十一章（下车、精神安慰、准备绞架）也有音乐潜台词（《浮士德博士的悲剧》），但可以说仅是顺便提及。因为它们被当作萨迪-卡诺式的绝热系统，结果却是一座基于玻尔兹曼常数建造，举行黑弥撒[①]的大教堂。（美什在囚车上的追忆是静修，以诅咒结束，其厚实的滑音切断了第八章。）这些章节实际上是一座大教堂，因为句子间和短语间的比例有一个句法骨架，它将巴黎圣母院连同其所有的尖塔、悬臂、扶壁以及带有著名的哥特式玫瑰花窗的壮观正面等，都按照蒙日投影法投影在一个想象的平面上。所以在《吉伽美什》中也有受神义论启发的建筑。在《释义》中读者也可以看到（第397页开始）上述章节文本里包含的大教堂的整个投影图，比例为1：1000。

然而，假如使用非等边投影代替蒙日立体几何，根据第一章

[①] 指具有转化特征的罗马天主教脱利腾弥撒。

的矩阵进行初始畸变，那么我们获得的将是喀耳刻的宫殿，同时黑色弥撒会变成奥古斯丁教义讲座的讽刺画（又是偶像破除：奥古斯丁教义在喀耳刻宫殿里，而黑弥撒则在大教堂里）。无论大教堂还是奥古斯丁教义，都并非被机械地塞入作品，它们构成了论证的组成部分。

这个例子向我们解释了，作者如何在一部小说中将整个人类世界与他的神话、交响乐、教堂、物理学和世界历史编年融为一体，这要归功于爱尔兰式的执着。这个例子又回到了标题，因为——根据这条意义路径——《吉伽美什》是一个"巨大的混合物"，有着极其深刻的含义。毕竟，宇宙正在按照热力学第二定律趋向于最终的混沌。熵必须增长，因此所有存在的终点都是失败。所以不仅仅发生在某个前流氓身上的事情是"a gigantic mess"（巨大的混乱），因为整个宇宙本身也是巨大的混乱（用方言说无序就是"乱七八糟"①；因此，宇宙的形象就是美什在通往绞索的路上追忆的妓院）。与此同时，这也是在庆祝"巨大的混乱"——巨大的弥撒——将秩序转化为最终的无序。由此，萨迪-卡诺与大教堂有了联系，由此，玻尔兹曼常数化身其间——汉纳汗必须这样做，因为混沌将是"末日审判"！当然，

---

① 这里的波兰语原文bajzel有双重含义，一个是"乱七八糟"，另一个是"妓院"。

吉尔伽美什的神话在作品中得到了充分体现，但是汉纳汗的这份忠诚——对巴比伦原型的忠诚——在小说241000个单词背后的解释深渊面前，都不值一提。恩奇都对美什——吉尔伽美什的背叛，是历史上所有背叛的累积；恩奇都也是犹大，吉尔伽美什就是那个救世主；等等。

信手打开这本书，我们在第131页从上边数第4行找到一个感叹词"嗯！"——美什接下了司机给他的骆驼牌香烟。在《释义》的索引中，我们发现了27个不同的"嗯！"，在第131页对应的是以下序列：

Baal[①]、Bahia[②]、Baobab[③]、Bahleda（可能会觉得，汉纳汗弄错了，把一个波兰山民的姓氏给我们拼错了，但事实并非如此！这个姓氏中省略的"c"根据已知的原则指向康托尔[④]的"c"，作为其超限性中的连续象征！）、Babel（巴别塔）、Abraham（亚伯拉罕）、Jakub（雅各）、drabina（梯子）、straż pożarna（消防队）、motopompa（消防泵）、ruchawka（动荡）、hippisi（h！嬉皮士）、Badmington（羽毛球）、rakieta（火箭）、księżyc（月亮）、

[①] 巴力，又译巴耳、巴拉，是古代西亚西北闪米特语通行地区的一个封号，意为"主人"，一般用于神祇。
[②] 巴伊亚州是巴西的26个州之一。
[③] 猢狲木属，锦葵目锦葵科植物，又称猴面包树属。
[④] 格奥尔格·康托尔（Cantor, 1845—1918），德国数学家，集合论的创始人。

góry（群山）、Berchtesgaden（贝希特斯加登①）——这最后一个，因为"h"在"Bah"中也表示黑弥撒的崇拜者，在20世纪那个人就是希特勒。

这样一个小词、一个普通的感叹词，无限高、无限宽地发挥作用，在简略三段论方面多么令人想不到！《吉伽美什》就是座语言大厦，在它的更高楼层，一座怎样的语义迷宫正徐徐展开！在那里，先成论②与后成论③做斗争（第三章，第240页开始）；刽子手用双手系紧绞索绳扣的动作具有句法伴奏——霍伊尔④和米尔恩⑤关于螺旋星系中两个时间尺度的缠绕假设；而美什的回忆——他的罪行——是人类所有堕落的完整记录（《释义》显示了他的恶行依次包括：十字军东征、铁锤查理⑥的帝国、对阿尔比派⑦的屠杀、对亚美尼亚人的屠杀、烧死乔尔丹诺·布鲁诺、折磨女巫、集体疯癫、鞭打、鼠疫、霍

---

① 德国巴伐利亚州的风景名胜，希特勒曾在那里建设"鹰巢"。
② 认为个体发生，其所应形成的形态构造于发生之始就预先存在，待发育时则逐渐展开而形成明显的形态构造。
③ 与先成论相对应的理论。
④ 弗雷德·霍伊尔爵士（1915—2001），英国天体物理学家。
⑤ 爱德华·亚瑟·米尔恩（1896—1950），英国天文学家以及数学家。
⑥ 查理·马特，意译为铁锤查理（686—741），法兰克王国宫相，军事领导人，加洛林王朝奠基人。
⑦ 又称卡特里派、纯洁派，是一个中世纪的基督教派别，受到摩尼教思想的影响，兴盛于12世纪至13世纪的西欧，主要分布在法国南部。

尔拜因①的"死神之舞"、诺亚方舟、阿肯色州、永不完成②、诉诸反复③等)。美什在辛辛那提踢的那位妇科医生名叫Cross B. Androydyss:所以其名字中就有十字架(Cross),他的姓氏意为"猿类的单一性"(指向Android④、Androi⑤、Anthropos⑥等)和尤利西斯(奥德修),而中间的字母B又与降B小调相关——《浮士德博士的悲剧》,这部分文本将其融入其中。

是的,这部小说是个无底洞;无论你在哪里触摸它,都会打开无数的通道(第六章中的逗号分类学——简直就是对应的罗马地图!),从来不是随便的通道,因为所有那些通道都有无数的分叉,但又和谐地交织成一个整体(汉纳汗用拓扑代数的方法证明了这一点——参见《释义》,元数学附录,第811页开始)。于是一切都圆满了。只是产生了一个疑问,那就是:帕特里克·汉纳汗是否以自己的作品赶上了那位伟大的前辈呢?还是既夸大了自己——也一并夸大了他!他在艺术领域被质疑过吗?有传言称,汉纳汗在创作过程中,似乎得到了国际商业机器

---

① 小汉斯·霍尔拜因(约1497—1543),德国画家,擅长油画和版画,欧洲北方文艺复兴时代艺术家,最著名的作品是系列木版画《死神之舞》。
② 原文为拉丁文。
③ 系借由宣称某个观点已经被充分讨论多次、至今没有人反驳过我的观点、反方的论点之前都已经驳斥过等,而回避对某个断言提出举证。
④ 意为"人形机器人"。
⑤ 与人相关的。
⑥ 意为"灵长类"。

公司（IBM）一个计算机团队的帮助。即便果真如此，我也看不出其中有什么冒犯之处；如今，作曲家大量使用电脑——为什么要禁止作家这样做呢？有人说，以这种方式构建的书籍只能供其他机器阅读，因为任何人也无法用头脑囊括事实和其相互关系构成的海洋。请允许我提出一个问题：世界上有没有人能够相似地掌握《芬尼根的守灵夜》，还是只有《尤利西斯》？我要指出的是：不是在字面上，而是要掌握所有的参考文献、所有的联想和文化神秘典故，以及这些作品得以不朽并获得美誉的所有范式和原型。肯定没有人能独自完成！毕竟，甚至没人有时间读完詹姆斯·乔伊斯的作品已经积累下的所有阐释性文献！因此，计算机参与创作的合法性之争完全无关紧要。

恶毒的批评家们说，汉纳汗造了一个文学史上最大的字谜、一个巨大的语义画谜、一个可怕的谜语诗或是智力游戏。他们说，把一百万或者十亿个参考资料编到一部纯文学作品中，玩词源学、词法学、解释学的大巡游，把无穷无尽的、反常的二律背反意义层层叠加，这不是文学创作，而是给特别偏执的爱好者、热衷于挖掘参考书目信息的狂热分子和收藏家提供的思维游戏。简而言之一句话，这是彻底的变态、文化病态，而不是健康发展。

我很抱歉——但是在作为表达天才智慧方式的多义性与代表

着纯粹文化精神分裂的丰富作品意义之间，界线到底应该画在哪里呢？我怀疑文学评论家们中反汉纳汗的阵营是害怕失业。因为乔伊斯已经提供了他那杰出的字谜，但没有加入任何自己的"释义"：这样每一位批评家都可以通过给《尤利西斯》和《芬尼根的守灵夜》添加释义，来展示自己的精神肌肉、富有远见的洞察力乃至于模仿天才的能力。然而汉纳汗自己做了这一切。不满足于创作作品本身，他给它添加了两倍体量的阐释工具。主要的区别就在于此，而不是在于乔伊斯一切都是"独自构思"的，而汉纳汗借助了连接国会图书馆（藏书2300万卷）的电脑。这个爱尔兰人致命的一丝不苟将我们赶入了这样的绝境，我看不到任何出路：要么《吉伽美什》是现代文学的集大成者，要么无论他，还是芬尼根的故事连同乔伊斯的奥德修斯之旅，都无权进入纯文学的奥林匹斯圣殿。

西蒙·迈瑞尔

《性爆发》

（沃克与同伴出版公司——纽约）

如果相信作者——而且越来越多的人要我们相信科幻小说作者！——那么目前的性浪潮则将在80年代成为一场大洪水。但是小说《性爆发》的故事开始于20年之后，在严冬中被暴雪压垮的纽约。一个不知名的老人在积雪中艰难跋涉，在被积雪掩埋的车辆外壳间磕磕撞撞，终于走到一座死气沉沉的大厦前，从胸口的内兜里掏出一把被最后一点儿体温焐热的钥匙，打开铁门，进到地下室，而他的这段行程和掺入其中的点滴回忆——就是小说的全部。

这是一个寂静的地下空间，老人手中颤抖的手电筒发出的光柱四处游荡。这里既不是博物馆,也不是美国再度成功入侵欧洲的岁月里的一家大公司的探险部(或者应该说是性探险)。欧洲人半手工的制造业与冷酷无情的生产线刚一交锋,后工业时代的科技巨人就立刻取胜。战场上只剩下三家财团——通用性科技公司、人体改造公司以及爱情合并公司。随着这些巨型公司的生产达到顶峰,性——从私人娱乐、集体体操、个人爱好和家庭收集——变成了一种文明哲学。麦克卢汉是个精力充沛的老头儿,他活到了那个时代,在自己的《生殖政治》一书中证明了,自踏上技术之路的那一刻起,这就是人类的宿命,从古代被固定在帆船上的桨手,到北方伐木工人连同他们的锯子,还有斯蒂芬森用气缸和活塞驱动的蒸汽机,都表明了性运动的节奏、形态和意义,这正是人类的意义。因为美国的无人工业吸收了东西方的体位智慧,把中世纪的枷锁变成了非贞操带,驾驭着艺术去设计做爱人偶、情趣床、震动棒、女用自慰器、男用自慰器、色情片,启用无菌生产线,下线了萨德车、做爱器、家用男偶和公用女偶,同时还创办了学术研究机构,为将性生活从传宗接代的义务中解放出来而奋斗。

性不再是一种时尚,因为它已成为一种信仰,性高潮——一种持续的义务,带有红色箭头的高潮计数器取代了办公室和大街上的电话机。那个在地下大厅的通道里徘徊的老人是谁?通用性科技公司的法律顾问？他时常记起那些打到最高法院的著名官司，即复制名人外貌做人体模型的权利之战——从美国第一夫人开始。"通用性科技"以1200万美金的代价打赢了官司。四处游走的手电筒光束反射在积满灰尘的塑料灯罩上，灯罩下正在上演最初的电影明星、世界名媛、公主王后身着华丽的礼服，因为根据法庭裁决，不允许以其他方式展示她们。

十年间，合成性爱经历了一段美好的发展历程，从最初手工装配的充气娃娃到能够调温和有反馈装置的原型产品。那些人物原型或早已作古，或成了行动不便的老家伙，但特氟龙、尼龙、腈纶和"性特固"却经受住了时间的考验，就像在蜡像馆里，被手电筒光线从昏暗中唤起的美女们，一动不动地冲着徘徊的老人微笑，举起的手里拿着一盒磁带，里边录有自己如海妖塞壬般诱人的台词（最高法院的判决禁止卖家将磁带塞入娃娃体内，但每个买主都可以自己在家里这么做）。

孤独的老人脚步迟缓踉跄，透过他扬起的尘埃，群体淫乱的场面泛着粉白色的光，从深处显露出来。有些三十人淫乱的场景活像大块的果馅瑞士卷，或者精心烤制的环形面包。他也许是"通用性科技"的总裁本人，正从蛾摩拉女人偶和所多玛男人偶之间穿过，也许是公司的首席设计师，那个先是让整个美国，然后让整个世界像个生殖器的人？这是带遥控器的视频装置，上边有新闻审核的铅封，为它打了六场官司。这是准备运往海外的成堆的箱子，里边装满了日本跳蛋、假阴茎、爱抚润滑膏和成千的类似货物，里边都放了说明书和使用手册。

那是终于实现了民主的时代：所有人都可以为所欲为——跟所有人。听从自己的未来学家的建议，大公司们不顾反垄断联盟法，私自瓜分了全球市场并致力于专业化。"通用性科技"追求性变态的平权，而另外两家公司则投资于自动化。鞭打架、鞭打器、束缚架都出现了原型，以此向公众证明，市场是不会饱和的，因为大工业，如果真的是大工业的话，不是满足需求，而是创造需求！以前在家里私通的办法，应该像尼安德特人的燧石和棍棒一样收起来了。学术机构安排了七年制和八年制的课程，然后高校针对两种色情的研究，发明了神经兴奋器，然后是兴奋抑制器、消音器、隔绝体和专门的引诱器，以免一些住户难以抑制地大呼小叫，搅扰了其他人的安宁或者乐趣。

但是得继续前进，无所畏惧、勇往直前，因为停滞就意味着生产的死亡。奥林匹斯诸神已经被设计和建模，以便供个人使用，第一批希腊男女神祇形象的机器人已经在"人体改造"公司明亮的工作室里用塑料加工成型了。还有人谈到了天使，并且已经预先准备了与教会打官司的资金，剩下要解决的是一些技术问题：翅膀用什么做，天然羽毛会让鼻子发痒，翅膀是否应该能够活动，是否会碍事，光环怎么办，光环发光的按钮用什么样的，放置在何处，等等。这时天降雷霆！

这种化学物质在很久以前，大概是在70年代就被合成了，它的代码是NOSEX。关于它的存在，只有一群涉密专家知晓。这种制剂最初被认为是一种秘密武器，其开发者是与五角大楼有关联的一家小公司的实验室。NOSEX以气雾剂的形式使用，实际上可以削减每个国家的人口，因为这种制剂只需要几分之一毫克，就能够消除与性行为相关的一切感觉。诚然，性行为仍然可以完成，但只能作为一种让人精疲力竭的体力劳动，就像拧干衣服、洗衣服或者熨衣服。后来又更新了使用NOSEX的计划，旨在遏制第三世界的人口爆炸，但该计划被认为过于危险。

尚不清楚世界灾难是如何发生的，是由于短路和乙醚罐起火？真是由于NOSEX的成分泄漏到空气中造成的吗？是否是这三家在市场上呼风唤雨的公司的同行对手所为？或者有某个颠覆组织、极端保守组织或者宗教组织插手？答案我们无从知晓。

老人经过数英里的地下游荡，此刻倍感疲倦。他坐到克利奥帕特拉①光滑的塑料膝盖上，但没忘记先拉住手刹。他的思绪回到1998年的经济大崩溃，就像回到深渊一样。公众日渐对充

---

① 古埃及托勒密王朝末代女王，被称为埃及艳后。

斥市场的所有商品感到厌恶，本能地背过身去。昨天还诱惑无穷的东西，如今就像疲惫的伐木工看到斧头，洗衣女工看到洗衣盆。永恒的诱惑（看似如此）、生物学给人类种族施加的魔咒就此消散。从此以后，乳房只能使人想起人类是哺乳动物，大腿——人可以行走，臀部——是用来坐的。仅此而已，别无他用！麦克卢汉很幸运，他没有活到目睹这场灾难，就是他，在后续的作品中阐释了大教堂和太空火箭、喷气发动机、涡轮机、风车、盐瓶、帽子、相对论、数学方程式的括号、零和感叹号作为这唯一活动的替代物和代用品，这项活动是在纯净状态下的生命体验。

这一论断在几个小时之内就失效了。无后而终威胁着整个人类。一场经济危机就此开始，1929年的经济危机在它面前微不足道。整个《花花公子》编辑部率先被纵火，因而葬身火海；脱衣舞俱乐部的工作人员到了没饭吃的地步，因而纷纷跳楼自杀；插图出版社、电影制片厂、大型广告集团、美容院接连破产，整个美容-香水行业摇摇欲坠，然后是内衣业，到1999年，美国失业者达到3200万人。

现在还有什么能让观众感兴趣呢？疝气带、合成驼背、白色假发、轮椅上颤颤巍巍的人影，因为只有这些不会让人联想起性努力。这个梦魇、这个麻烦，只有它们似乎可以保证远离色情，可以长舒一口气，获得安宁。而那些意识到危险降临的政府，开始动员所有力量拯救人类。新闻界呼吁理性和责任感，各种信仰的神职人员在电视上露面，以高尚的理由说服信众莫忘崇高典范，然而听众们对权威们的大合唱嗤之以鼻。劝说人们克服心理障碍的呼吁毫无成效。成果乏善可陈，只有一个法纪严明的民族——日本，咬紧牙关，遵照指令一往无前。此时开始创设专门的物质刺激，荣誉文凭和奖励、奖金、奖项、奖章、勋章和通奸竞赛；而当这个政策也宣告破产之时，必不可少的压迫就来了。然后整个省整个省的人开始移民，以逃避生育义务，年轻人到附近的森林里躲避，老年人则出示伪造的阳痿证明，社会检查和监督委员会贪污盛行，每个人都时刻准备监督邻居是否在逃避，而自己则想尽一切可能避开这累人的工作。

孤独的老人坐在地下室里克利奥帕特拉的膝盖上，灾难的一刻如今只是他脑海中流淌的记忆。人类没有灭亡，目前，生殖以无菌和卫生的方式进行，类似于某些疫苗接种；经过多年艰苦的尝试，实现了某种稳定。然而文化无法忍受真空，性内爆造成的空虚形成了可怕的吸力，能够填补空虚的唯有饮食。它分为正常的和放荡的两类，贪吃到变态者有之，餐厅有色情画册者有之，而以某些体态进餐则被认为是难以言说的不知羞耻。例如，不能跪着吃水果（然而正是性变态邪教组织——下跪派在为此项自由而斗争），吃菠菜和炒鸡蛋的时候不能把脚跷上天。也存在一些秘密场所——人们理解！——在那里鉴赏家和美食家等待着一些下流场景；当着观众的面，纪录保持者狼吞虎咽，观者无不垂涎三尺。从丹麦走私来的色情食物专辑，里边的内容让人恐怖万分——包括用吸管食用煎鸡蛋，食用者用手指在加了大量大蒜的菠菜里扭动，同时嗅着跟红焖牛肉一起碾碎的辣椒，躺在桌子上，裹在桌布里，双脚用绳子捆住吊在咖啡机上，在这场狂欢中，咖啡机代替了枝形吊灯。当年获得费米娜奖①的小说讲述了一个家伙，先用松露酱涂抹地板，再用舌头舔干净，在此之前则饱餐了一顿意大利面。美貌的典范发生变化：现在得是体重130公斤的胖子，因为这证明其消化能力非凡。时尚也大变：女性与男性仅靠服饰已难以分辨。一些开明国家的议会里正在辩论的问题是，向孩子们讲述消化过程的秘密是否可行？迄今为止，这个下流问题仍属禁忌，被严格禁止。

最终，生物科学致力于消除性别这一已经多余的史前遗存。胎儿将根据基因工程进行合成和培育。长成的个体将是无性的，这将终结所有从性灾难中幸存下来的人们心中仍然挥之

---

① 法国著名文学奖。

不去的噩梦。在明亮的实验室——那些进步的殿堂里——将诞生美好的雌雄同体，或者更确切地说是无性人，人类与旧的耻辱划清界限，将能够更美味地享用各种水果——只是在美食方面被禁止。

阿尔弗雷德·泽勒曼
《小队长路易十六》

（苏尔坎普出版社）

《小队长路易十六》是著名文学史家阿尔弗雷德·泽勒曼的小说处女作。他年近六旬，是人类学博士，在德国经历过希特勒王朝，与岳父岳母一起住在乡下，被剥夺了大学教师的尊严，成为第三帝国生活的被动观察者；我们可以大胆地将这部小说称为佳作，要补充的一点是，大概只有这样一位德国人，以如此丰富的人生阅历——以及如此深厚的文学理论知识——才能写出此书。

与标题相反，我们面前并不是一部幻想作品。故事的背景是世界大战结束后第一个十年的阿根廷。50岁的队长齐格弗里德·陶里茨是一名流亡者，来自分崩离析、被外国占领的第三帝国，他来到南美洲，带着臭名昭著的党卫军学院积攒的部分"宝藏"，一个用钢箍扣紧的箱子，里面装满了美元钞票。在他周围聚集了一群来自德国的其他逃亡者，以及各式各样的环球旅行家和冒险家，还雇用了十多名形迹可疑的女人，起初她们的服务内容并不明确（有些是陶里茨亲自从里约热内卢的妓院里买来的）。这位前党卫军将军组织了一次深入阿根廷内陆的探险，其高效的组织工作证明了自己作为参谋官的才能。

在这片距离最近的文明之地足有几百英里的地方，探险队发现了至少有12个世纪历史的废墟，可能是阿兹特克人建造的建筑物遗迹；他们在里面住下来。陶里茨立即（还难以理解）将其称为"巴黎西亚"，受到能赚到钱的诱惑，周围居住的印第安人和梅斯蒂索人①蜂拥而至。前队长把他们变成了一个个高效的工作组，由他的武装人员监督。几年后，陶里茨梦寐以求的权力形式从这些行动中逐渐成形。他集冷酷无情、决不退缩以及错误的重建观念于一身——在内陆的密林深处，重建君主时代辉煌的法国，而他自己将成为路易十六转世。

这里说句题外话：我们无意用上面的话或接下来的话概括小说内容，因为书中的事件并非像我们的叙述那样按照时间顺序发

---

① 指欧洲人与美洲原住民混血而成的拉丁民族。

生，我们完全理解作者所遵循的艺术构思的天然要求，然而我们想按照编年顺序重构事件的进程，因为只有这样，作品的中心思想和理念才能被有力地挖掘出来；而大量的衍生事件和次要事件在我们"按时间顺序重构作品"时将被忽略，因为该书长达670页以上，不可能以任何快捷方式囊括全部内容。况且在接下来的讲述中，我们将努力呈现阿尔弗雷德·泽勒曼在其史诗中完成的一系列事件。

言归正传，国王的宫廷就此诞生，连同一众朝臣、骑士、僧侣、仆从，阿兹特克人令人肃然起敬的建筑废墟已被改造为要塞城垛，他们的遗迹以在建筑学上毫无意义的方式被改建，一个宫廷礼拜堂和若干舞厅就矗立在那些要塞城垛之间。有汉斯·梅勒、约翰·维兰德和埃里希·帕拉茨基三个绝对忠诚的人（他们将很快成为红衣主教黎塞留、德罗汉公爵和德蒙巴龙公爵）环侍左右，"新路易"不仅可以在自己的假王位上安枕无忧，而且可以按照自己的意图塑造周围的一切。

此外，在小说中至关重要的一点是，前队长的历史知识断断续续、漏洞百出，事实上他根本就不具备这些知识；他的脑袋里塞满的不是17世纪法国历史的碎片，而是一堆陈年旧货。这些东西来自他童年时代开始阅读的大仲马小说《三个火枪手》，以及之后作为一个有着"君主制"倾向的青少年（在他自己看来——

实际上不过是虐待狂倾向），对卡尔·麦[①]的书如饥似渴。由于这些阅读记忆后来又叠加了他贪婪阅读的街头爱情故事，所以他不会将法国历史付诸实践，而只会实施极其野蛮，甚至愚不可及的胡编。混乱占据了他的头脑，成为一种信仰。

事实上，从散布于整部作品中的无数细节和回忆可以推测，希特勒主义对于陶里茨来说只是迫不得已的选择，作为一个相对来说最适合于他、最接近于"君主制"臆想的机会。在他看来，希特勒主义接近于中世纪——好像不是他最喜欢的！但对他来说至少比任何形式的民主制度都要好。有着自己私下的、隐身于第三帝国的"王冠梦"，陶里茨从未臣服于希特勒的魅力，从不相信他的学说，因此也不必为"大德意志"的覆亡如丧考妣。唯一需要的是足够机智，能及时预测，尤其是他从未将自己与第三帝国的精英引为同道（虽然他跻身其间），他已为失败未雨绸缪。他对希特勒的崇拜广为人知，这甚至不是自欺欺人的结果。十年间，陶里茨演出着玩世不恭的喜剧，因为他有自己的"神话"，这赋予了他对希特勒的免疫力，这对他来说尤其便利，因为那些《我的奋斗》的信徒，哪怕稍微试图认真对待这一学说的人，例如阿尔伯特·斯佩尔，后来都不止一次觉得自己跟希特勒疏远

[①] 卡尔·麦（1842—1912），德国著名探险作家、小说家。

了，而陶里茨，作为一个每天只对外宣扬当天推荐观点的人，并不能被任何异端邪说所感染。

陶里茨完全彻底、毫无保留地只相信金钱和暴力的力量。他知道，足够慷慨的主人可以用物质财富驱使人们去完成主人计划完成的任何事，只要他在执行强制的义务时还足够强硬和无情。他根本不在乎，那些"朝臣"和那个由德国人、印第安人、梅斯蒂索人、葡萄牙人组成的多肤色群体，是否真的把这场陶里茨导演的、强加的、经年累月的大型演出当回事。对于一个置身事外的观众来说，他的演出方式是难以形容的平淡、笨拙、无聊，而其中的某位演员是否真的相信路易宫廷的合理性，还是仅仅在故意演出一场喜剧，心里指望的是拿到钱，还是期望着在君主死后能够瓜分"国王的钱箱"，这个问题对于陶里茨来说似乎根本不存在。

宫廷群体的生活就是如此公然伪造，而且是粗制滥造，毫无真实感，以至于无论是那些后来来到巴黎西亚的人中略微机灵些的，还是所有目睹了伪君主、伪王公产生的人，在这方面都无时无刻不感到怀疑。因此，特别是在初创阶段，王国就像一个被撕裂成两半的精神分裂者：人们在朝拜和舞会上，特别是陶里茨就在附近时，人们以一种方式说话，而当君主和他那三个心腹不在的时候则用另一种方式说话，尽管他们以冷酷无情的方式(甚至使用酷刑)在继续这场强加的游戏。这是一场外表辉煌、光芒四射的游戏。供货的大车源源不断,都用坚挺的货币支付,在20个月之内,城堡的围墙就高高耸起,上面装饰着壁画和挂毯,地板铺上精美的地毯,不计其数的设施、镜子、镀金钟表、衣橱铺展开来,在墙壁里建造了暗门和藏身处,还建造了私密卧室、花架、露台,城堡四周环绕着规模巨大、精心打理的花园,再远处则环绕着鹿砦和护城河。因为每一个德国人都是监督者,负责监督被严密控制的印第安奴隶(这个人造王国就是靠他们的血汗建立起来的),尽管其衣着更像是17世纪的骑士,但是金色皮带后边别着鲁格牌军用手枪,这是封建资本与劳动之间一切争议的终极理由。

但是,君主和他的亲信们缓慢而系统地消除了环境中所有会立即暴露宫廷与王国乃虚构之物的现象和标记。首先,一种专门的语言应运而生,所有信息都可以用这种语言构建,毕竟信息都来自外部世界,例如关于阿根廷政府的某种干涉是否威胁"国家",大臣们传递给国王的信息不能直白地指出,君主和王位并无主权可言。例如阿根廷总是被称为"西班牙",并被视为邻国。慢慢地,所有人都钻进这层人造皮肤,学会穿着精美的长袍旋转自如了。他们用刀剑和舌头使谎言藏得更深——深入这座建筑、这幅鲜活画面的脉络和根部。它仍然是无稽之谈,但现在已经脉动着真实的欲望、仇恨、争端和竞争的血液，因为虚假的宫廷孵化了真正的阴谋，因为朝臣们相互倾轧，试图踏着对方的尸体接近王位，以便从国王手中接过被打倒者的尊崇，所以谣言、毒药、告密、匕首开始隐秘但真实地发挥作用。无论如何，有多少君主制和封建制的元素仍深植于这一切之中，陶里茨——新路易十六就统统将其融入自己那由一群前党卫军重塑的集权大梦之中。

陶里茨推测，他的侄子还生活在德国的某地。那是他家族的最后一位成员，名叫贝特朗·居尔森海恩，德国战败时才13岁。路易十六派遣德罗汉公爵，也就是他身边唯一一位"知识分子"约翰·维兰德，去寻找这个年轻人（现年21岁）。维兰德曾是一名武装党卫军的医生，并在毛特豪森集中营从事过"科学工作"。国王给公爵颁布密令，让他去找到那个小伙子并作为储君带回宫廷的场景，是小说中最精彩的场面之一。君主先是恳切地讲述自己对没有子嗣的担忧，这影响了王位的利益，也就是继承的问题，这些开场白帮助他以这种口吻接着讲话；场面近乎疯狂的意味在于，现在国王甚至对自己都不能承认，他不是真国王；实际上他不会法语，但在宫廷上使用德语时，他总是坚称自己像身后的所有人一样，是一位说法语的17世纪法国人。

这并非疯狂，因为现在承认自己出身德国才是疯狂，即便只是言语中提到。既然法国唯一的邻国是西班牙（就是说阿根廷），那么德国根本不存在！谁胆敢用德语说什么，或者让人知道他在说德语，都是拿生命在冒险。由巴黎大主教与萨利亚克公爵的谈话可以得出结论（第一卷第311页）：因叛国罪被砍头的查特公爵不仅是因为酒后称宫殿为"妓院"，更是称之为"德国妓院"。顺便说一句，小说中丰富的法国姓氏让人立刻联想起白兰地和葡萄酒的名称——例如"教皇新堡"侯爵，宴请专用好酒！肯定是——尽管作者在任何地方都没有说——来自这样一个事实，即在陶里茨的记忆中，由于容易理解的原因，利口酒和伏特加的名称肯定要比法国贵族的姓氏多。

在对自己的特使讲话时，陶里茨就像自己想象的那样，仿佛是路易国王对一个自己宠信的，即将被派去执行类似任务的人讲话。他没有命令公爵脱去虚构的长袍，而是相反，命他"改扮成英国人或者荷兰人"，这就是说，要努力穿上正常的现代装束。然而"现代"一词是不能说出口的——它属于能够攻击王国乃虚构产物这一弱点的说法。甚至"美元"在这里也总被称为"美塔"。

维兰德带着大量现金前往里约，宫廷有商业代表在那里经营；在拿到了做好的假证件后，陶里茨的特使乘船前往欧洲。作品对他探寻之旅上的种种艰辛避而不谈。我们只知道，他在11个月后取得了成功，小说的构思独具特色，故事情节恰恰就是从维兰德与小居尔森海恩之间的第二次谈话开始，后者在汉堡的一家大饭店里担任侍者。贝特朗（这个名字将可以保留，在陶里茨叔叔看来这个名字很好听）起初仅听说叔叔准备将他过继为自己的儿子，这个理由足以让他放弃工作，跟随维兰德一同前往。这对独特旅客的行程，作为小说的引子完美地完成了任务，因为这段在空间中的移动，实际上是历史时空里的倒叙：旅客先是从跨洲际的喷气飞机换乘火车，然后再换汽车，再从汽车到马车，以走完最后的230公里路程。

随着贝特朗的衣服逐渐破损，他的备用衣服也渐渐"消失"，取而代之的是一些古老的服饰，都是维兰德未雨绸缪，为此类场合精心准备的，他此时又成了德罗汉公爵。这种改头换面绝非任何马基雅维利式阴谋——每一站都会出现，出奇地简单；可以猜想（我们之后再确认），维兰德作为陶里茨的亲信使者，已经多次经历此类换装，只是没有如此分步实施罢了。因此，化名海因茨·卡尔·穆勒先生前往欧洲的维兰德，现在成了满身戎装、纵马而行的德罗汉公爵；贝特朗也经历了类似的，至少是外观上的改变。

贝特朗目瞪口呆、瞠目结舌。他来叔叔这儿，是因为听说叔叔是位大庄园主，所以他放弃了侍者的工作，以继承百万家资，而现在他被带进一个花里胡哨、难以理解是喜剧还是荒诞剧的圈子。维兰德／穆勒／德罗汉沿途给他灌输的东西，现在只是增加了他头脑中的混乱。他一会儿觉得，这个旅伴在讥讽他，一会儿又觉得，正在将他推向毁灭，又似乎在将他带入一件难以理解的丑闻的一小部分，其全貌暂时还无法识别，有些时刻，他已经近乎发疯。那些灌输从来对事物都不是直呼其名，这种本能的智慧是这个宫廷里的共同财富。

德罗汉说："应该遵守叔叔要求的形式（先是'叔叔'，然后是'大人'，最后是'陛下'）。"他的名字成了"路易"而不再是"齐格弗里德"——后者绝不能使用。"他把它弃之不用——必须如此！"穆勒宣称。"庄园"变成了"封地"，而"封地"又变成了"国家"——是的，在骑马穿越丛林的漫长日子里，点点滴滴，最后几小时的路程，贝特朗被八个赤身裸体、肌肉发达的梅斯蒂索人抬着一顶镀金大轿走完了。从轿窗里能看到顶盔掼甲的骑士列队扈从，贝特朗现在相信了那位神秘同伴的话都是真的。然后他怀疑是他疯了，现在只期待和叔叔的见面，这个叔叔他几乎不记得——最后一次见他的时候自己还是个9岁的男孩。然而这场重逢是一场盛大而迷人的庆典的中心环节，是陶里茨所能记住的所有仪式、典礼和习俗的混合体，所以合唱团齐声高唱，银色的号角吹响，头戴王冠的国王驾到，身前一众仆从推开雕刻华美的大门,拖着长声高喊:"国王驾到!""国王驾到!"12位"王国世袭贵族"①环绕在陶里茨身旁(他误将本不属于此处的东西借用了),接下来是庄严的时刻——路易在继子头上悬空画了十字,称其为"储君",然后允许他亲吻自己的戒指、手掌和权杖。而当只剩下他们自己共进早餐时,身着燕尾服的印第安人侍候左右,从城堡的高处俯瞰,四周花园环绕,花园里成排的喷泉在阳光下熠熠生辉,面对如此奇妙的景象,贝特朗看着这无比的奢华,又看看远处环绕王国的那绿得吓人的原始密林,几乎已经没有勇气向叔叔提出任何问题,此时,叔叔和善地开口教导他,他说:

"叫陛下。""是该这样……出于崇高的原因……我的和你的福祉均系于此……"头戴王冠的前党卫军队长对他亲切地说。

这本书的独特之处就来源于此,它集合了各种彼此水火不容的成分。它们或真或假、或虚或实,或是假装的游戏,或是自发的生活,我们在此面对的是扭曲的真实和真正的虚假,因为真实和虚假同时存在。假如老陶里茨的朝臣们只是扮演自己的角色,结结巴巴地重复背好的台词,我们见到的将是死气沉沉的木偶剧表演,然而他们已经将形式内化于心,每个人都已沉浸其中,而

---

① 英国的一种贵族爵位。

且已沁润多年，以至现在，在贝特朗到来后不久他们就开始密谋反对陶里茨，他们已经无法从强加的范式中彻底解脱出来，以至于密谋本身也是一种怪诞的心理混合体，就像蛋糕与李子酱、面没发好的蛋糕、意大利通心粉和被核桃噎死的老鼠们混在一起。

党卫军队长将他对统治的真正热情和实在的激情，包裹在对法国路易王朝历史的扭曲记忆形成的杂拌里，那些回忆毫无意义，来自第三手的浪漫冒险言情小说。起初，他并没有强迫下属遵从自己的癖好，因为还做不到，他只是收买他们，在那段时间，他只能假装对那些前司机、前士官、前党卫军看守在背后怎么说他和这"整场演出"充耳不闻，他有足够的理智隐忍不发，直至他可以轻易地以恐吓、暴力、酷刑收获顺从的一刻。到那时候，迄今为止的唯一诱惑——"美元"也就变成了"美塔"……

这场拼凑剧的原始阶段可以被看作王国的史前史，它在小说中仅以只言片语的对话表现——值得记住的是，提及过去可能要付出沉重代价。小说的情节始于欧洲，一位不知名的特使正在努力获得年轻侍者贝特朗的信任。直到第二部分，小说的叙事才让我们可以猜到，我们前边努力重现的一切是怎么回事。当然，前宪兵、集中营看守、医生、党卫军大德意志装甲师的车辆驾驶员和射手作为路易十六的王公大臣、神职人员，简直是噩梦般疯狂的混合体,他们与那些约定的角色毫不匹配。简直不可思议,他们所有人不仅把这些设置明确的角色演得非常糟糕——因为这些角色从未存在过——而且每个人都自行其是,时常愚蠢笨拙,毕竟,他们仅能完成任务而已,再多的则无能为力了……因为有些东西自襁褓里就是假的,他们也演得虚假笨拙,所以这本将产生一个大杂烩,使这本书成为蠢话的集合体。

然而事实绝非如此,因为对那些希特勒的刽子手们来说,披上大主教的红袍、主教的紫衣和镀金的甲胄可能有点儿傻,但把海军妓院里的妓女改称为自己的王后,说自己是世俗领主、路易国王的神职人员,说她们是公主和伯爵情妇,与其说是傻气,不如说是有趣了。这些角色甚至让他们自己也扬扬自得,沉浸于虚幻的尊贵之中,所有的龌龊之人都醉心于此——高高在上,将自己抬升到他们所能想象到的非凡典范的境地。因此,在小说中那些戴上神父帽和花边领饰的前暴徒们开口讲话之时,正是凸显作者心理描写技巧功力深厚之处。

这些恶棍从自己的职位中获得快感,但与贵族内外一致带来的快感不同,这是一种加倍强化的快感,可以将其最简单地描述为罪行得到美化,甚至是罪行的合法化。因为置身法律的威严之中却能食用罪恶之果,才能让恶棍享受到最高的快感,对这些集中营编制内的职业虐待狂来说,只有重操以前的一两种旧业,才能给他们带来明显的满足感——在宫廷奢华的光环和荣耀里，在其能让每个恶行被放大的光芒里——恰恰因为这个原因，在做各种丑事时，他们所有人都主动地竭尽所能，让自己至少在言语上不失主教或公爵的身份。也正因此，他们同时也侮辱了他们用来装扮自己的至高尊严的庄严象征。因此那些最笨拙的人，例如梅勒，也嫉妒德罗汉公爵的能言善辩，于是将自己折磨印第安儿童的癖好，也就是酷刑拷打他们，说成是宫廷惯常的行为，也是最为恰当的。（要额外补充的是，所有印第安人都一贯被称为"黑人"，因为黑人奴隶的说法更恰当。）

我们也理解维兰德（德罗汉公爵）为何竭力想得到红衣主教的帽子：他独缺这个，以便作为上帝在人间的代理人之一，能够玩这堕落的小把戏。事实上，陶里茨拒绝赋予他此项特权：他似乎意识到了维兰德这项企求背后隐藏的险恶用心。因为在这场游戏中，陶里茨有着不同的偏好：他不想既意识到当前的尊崇，又记着党卫军的过往，因为他有"不同的梦想、不同的神话"——因为他对真正的皇家紫袍垂涎已久，所以对维兰德趁机钻营的方式无比愤恨并加以拒绝。作家的高超之处在于展现了人类繁多的丑恶花样，各种邪恶不胜枚举——无法简化为单一的公式。陶里茨并不比维兰德"良善"分毫，他只是忙于别的事，因为他在追求一种不可能的、完全彻底的——变形。他的"清教徒主义"即由此而来，对此他的近臣们颇为不满。

至于朝臣，我们看到，出于不同的原因，他们努力成为真正的朝臣……后来，他们当中有十个人密谋反对君主/党卫军队长，想偷走他那装满美元的箱子，并杀掉他，可毕竟，要告别议员座椅、头衔、勋章、尊崇会让他们恋恋不舍，所以这些人进退两难。他们不想杀掉老家伙，带着赃物一走了之，实际上他们的确想如此，但迄今为止的表面风光以及其他原因阻止了他们的密谋。有时候，他们自己已经相信了这尊贵地位是不可能的，因为这种不可能对他们来说才最恰当不过，最妨碍他们的（这真是一种疯狂，但又完全合乎逻辑，在心理学上可以验证）已经不是一种被牢记的认知，即他们不是他们自称的人，而不过是那个作为君主无比残酷的陶里茨赐予的。假如党卫军队长不随时随地招摇过市，假如他不对他们大喊大叫"闭嘴！"，以显示他们所有人都依靠他、受制于他，也承恩于他，那么阿根廷内陆的这个安茹王朝治下的"法兰西"可能还会显示出更持久的活力。所以，演员已经对导演的场景心怀不满——认为它不够真实，于是这个团伙就想建立一个加强版君主制，比君主自己允许的更多……

自然，他们都错了，因为他们无法将处于各自角色中的自己，与更真实、更美好的地道宫廷生活集于一身，他们无法将自己提升到更高的角色，要知道，他们都是凭借自己的人生经历，按照各自的才华和能力，依循自己内心之声去表演的。这方面说不上什么造作扭捏，毕竟我们不止一次看到，那些爵爷如何对待他们的夫人，例如博若莱侯爵（原来的汉斯·魏尔霍兹）如何在自己的老婆身上寻欢，以及如何反复提及她的妓女出身。简言之，在这些场景里，作者的全部努力都集中于使看似绝对不可能的事变得可能。当然，这些家伙可能慢慢对他们必须表演下去感到厌烦，而这一切的高潮是那些扮演罗马天主教会高级神职人员者。

这片殖民地里根本没有天主教徒，那些前党卫军成员也谈不上有任何的宗教信仰，所以宫廷礼拜堂里的所谓礼拜也就极其简短，简化为只是唱几行《圣经》，而且还不时有人向君主进谏，说此类对上帝的服侍似乎可以免除。然而陶里茨对此置之不理，何况两位红衣主教、巴黎大主教和其他主教就是以此让自己的崇高头衔"名正言顺"的，因为每周那几分钟——可怕的弥撒表演——首先在他们自己的眼中证明了统治教会上层的权力，所以这一切都相得益彰，在祭坛旁忍受那几分钟，为了之后能在盛宴的桌旁和华丽床榻的幔帐下快活几个小时。因此，那个从蒙得维的亚[①]把放映设备走私到宫廷里（瞒着国王！）的主意就由此而来。他们用那台放映机在城堡地下室里放映色情电影，巴黎大

[①] 乌拉圭首都兼蒙得维的亚省首府。

主教担任放映员（曾任盖世太保司机的汉斯·沙菲特），苏特恩（前财务人员）红衣主教帮他换胶片，这个主意极度可笑又可信——就像整部荒诞悲喜剧的其他部分一样，它之所以能够持续下去，皆因为没有什么能从内部动摇它。

对这些人来说，一切都相得益彰、严丝合缝，没有什么可奇怪的，例如当提到某些人的梦时——难道毛特豪森第三集团军指挥官不是收藏了"全巴伐利亚最多的金丝雀吗？"他满是回忆地提到，他没有尝试按照一个狱头的建议喂养那些金丝雀吗？那个狱头保证说，用人肉喂养的金丝雀叫声最美妙。所以这种犯罪已经达到了不自知的程度，假如人的犯罪标准仅仅基于自我评判，基于对罪责的自我认知，那实际上这些前杀人犯就是纯洁无辜的了。也许，在某种意义上苏特恩红衣主教知道，真正的红衣主教绝不会如此行事，肯定会信仰上帝，也应该不会对身着白袍协助弥撒的印第安男孩实施性侵，然而因为四百英里之内肯定没有别的红衣主教，所以这个念头丝毫没有让他不安。

以谎言为生的谎言带来的结果就是，其丰富繁茂的形式超越了一切真正的宫廷图景，而那些图景正是人类行为的诊断，因为它同时具有双重的可信度。作者不允许有丝毫的夸张或妥协的现实。当普遍的酗酒超越了某种界限，已经加冕的党卫军队长总是退回到自己的寝宫，因为他知道，从前党卫军狱卒的恶习将会压倒得体的举止，从那些打着酒嗝的嘴巴里，将会蹦出荒诞和噩梦般的言论，其表现力来自令人窒息的对比，自以为的自己和真实的自己的对比。实际上，陶里茨的全部天才之处，假如可以这么说的话，都在于他有这样的勇气和持之以恒的力量，足以关严他所创造的制度。

这个制度残缺不全，全靠其与世隔绝才得以运行，因为只要现实世界的一阵微风，就足以构成彻底的威胁。而可能构成威胁的人，恰恰是年轻的贝特朗，他自觉没有足够的底气，去用真实的声音说出自己的恐惧，对一切直呼其名。贝特朗不敢考虑这个最简单的，能说清事情全部真相的可能性。这不过是一个拙劣的、延续多年的、成系统的、任何有理智的人都会讥笑的谎言而已？不，绝不，这已经是一种普遍的偏执或者某种不可思议、目的不清、有着理性衬里、可靠且动机明确的神秘游戏；是自我欣赏、自我陶醉、无限膨胀的一切，只要不是纯粹的谎言。我们为之反复论述的观点，对他来说是难以触摸的。

于是，贝特朗首先投降了：他允许自己穿上王储的长袍，学习宫廷礼仪，就是那套基本的鞠躬、手势和那些对他来说似乎既熟悉又陌生的词语，没什么特别的，因为他也读过类似的，为国王和他的司礼官提供灵感的街头言情故事和伪历史小说。然而，他是抗拒的，虽然他没有意识到他的怠惰、他的消极不仅让朝臣们怒恼，也激怒了国王。这是面对一种强迫他成为温顺的白痴时，人的本能反抗。贝特朗不想沉溺于虚假之中，虽然他自己也不明白，自己抵触的源头何在，所以他只能赢得客人们恶意的、嘲讽的、庄严而又愚蠢的点评，特别是在第二次宴会上，国王被贝特朗迟缓的话语透出的潜台词激怒了。小伙子自己并未立刻意识到那些话里所隐含的恶意，所以当国王开始——国王真的怒不可遏——把嘴里啃的烤骨头向他扔过来，大厅里的一部分人追随盛怒的国王，狂叫着，从银盘子里抄起油乎乎的骨头扔向那个倒霉蛋。与此同时，另一部分人则不安地沉默着，他们不确定，陶里茨是否在用自己喜欢的方式给所有在场的人设置一个圈套，他会不会是和王储有什么密谋？

因为我们在这里最难表达的是，这整个是一场笨拙的游戏和平淡的表演，一旦这场表演以某种形式组合起来，它就会获得力量，以至不想结束，不是不想，而是不能结束，这是因为，现在除了表演之外已经一无所有了（他们已经不能不做主教、世袭公爵、侯爵了，因为他们没有回头路，不能再回去做盖世太保的司机、焚尸炉守卫、集中营指挥官，就像国王一样，即便他想，也不能再回去当党卫军的队长陶里茨了）。我们再重复一遍，在这个国家和这个宫廷的整个平庸而可怕的平淡之下，正搏动着一根敏感、紧张的神经，那是一种无休止的狡猾，彼此的猜疑，能让人在虚假的形式下进行真正的战斗和密谋，蚕食国王宠臣的位置，写告密信，暗自争宠；事实上，既不是红衣主教的帽子，也不是勋章的绶带、花边、领饰和铠甲让这些私底下的努力和阴谋诡计变得合理合法，因为最终那些身经百战、有过无数杀戮之人，要这些虚假荣耀的外在标志有什么用呢？这些阴谋、奸诈，给对手设陷阱，让他们在国王面前打瞌睡，让他们从趾高气扬的角色里摔个嘴啃泥，所有这一切本身才构成最大的共同爱好……

所以这种彼此倾轧，在宫廷舞会上找到自己合适的舞步，让镜厅里的镜子反射出他们得体的身姿，这无休无止、没有鲜血（城堡地下室是例外之地）的厮杀是他们存在的理由，这场厮杀也为原本的一场狂欢赋予了意义，那本来是为嘴上无毛的年轻人，而不是见识过血腥的男人准备的……与此同时，可怜的贝特朗已经不能再继续独自面对这难以言说的困境了，就像寻找救命稻草一样寻找知音，那个能够把他内心正在滋长的想法一吐为快的对象。

因为——这是作者的新功劳——贝特朗正在慢慢成为这个疯狂宫廷里的哈姆雷特。他本能地在这里成为最后一个义人（他从未读过《哈姆雷特》！），所以他认为，发疯是他的义务。他并没有指责每个人都玩世不恭——他没有足够的智慧、勇气来做到这一点；在自己不知情的情况下，贝特朗想做一件事——可能是在一个不那么龌龊的宫廷里比较现实的事。有东西一直在燃烧他的舌头，压迫他的嘴唇，他渴望将它说出来，但他已经知道，作为一个正常人他不可能说出来而不受惩罚。但假如他疯了，那就是另一回事了；他没有模仿莎士比亚笔下哈姆雷特那种冷酷的疯狂，不，他头脑简单，天真幼稚，有点儿歇斯底里，他只是相信自己需要发疯，因而尝试发疯！这样他就将说出那些让他窒息的真话……但是来自里约的老妓女德·克利考特公爵夫人对年轻小伙感兴趣，把他拉上了床，并以她还没当上公爵夫人时从某个妓院学来的方式严厉警告他，不要说可能会让他掉脑袋的话。因为她很清楚，尊重精神病患者的不负责的言行在此地是不存在的；事实上看得出，老太婆是为贝特朗好。公爵夫人显示出自己确实是个资深妓女，尽管她已经不会完全像妓女一样对年轻人说话了（因为她头脑有限，已经在宫廷里浸润七年，吸收了不少伪君子和宫廷礼仪），但是这次鸭绒被下的谈话自然没能改变贝特朗的计划，他已经不在乎了。他要么发疯，要么逃跑；那些人的潜意识可能会表明，他们了解现实世界，知道等待他们的将是缺席判决、监狱和法庭，这是一股无形的力量激励他们继续游戏；但贝特朗与这样的过去毫无关联，他不想这样。

与此同时，阴谋进入行动阶段。不再是10个，而是14个朝臣准备孤注一掷，他们把宫廷侍卫指挥官拉到自己一边，准备在午夜后进入国王寝宫。然而主要计划在高潮时受挫：他们发现，真正的美元早已花光，只剩下——在著名的"箱子的第二隔层"里——假币。国王对此心知肚明。所以真的没什么可争的，但已经没有退路：他们必须杀死国王。直到此刻被绳捆索绑的他，只能从床上看着他们如何将藏在床底下的"金库"翻个底朝天。本来理智要求他们杀死他，是因为以免他追击，防止他追踪他们，而现在他们杀他则是因为仇恨，恨他用假宝藏折磨他们。

如果这听起来不那么邪恶，我会说谋杀场面很奇妙；要在完美的画作中去认识这伟大之处。为了让老头儿受到尽量多的痛苦，在他被绳索勒死之前，反叛者开始用集中营厨师和盖世太保司机的口吻对他咆哮，用那种注定永远被放逐出王国的语言诅咒他。当被勒死者的尸体还在地板上抽搐时（美妙的毛巾主题！），凶手们冷静下来，几乎是下意识地重操朝臣语言，但只是因为他们别无选择：美元是假的，带什么逃呢？干吗要逃呢？陶里茨锁住了他们，虽然他自己已经死了，但仍不会让任何人离开他的国家！因此，他们必须按照"老国王驾崩，新国王万岁！"的口号继续这场游戏，在这儿，他们必须在尸体旁选出一位新国王。

下一章（贝特朗藏身于"公爵夫人"那里）要弱得多；直到最后一章，骑警巡逻队来敲城堡的大门，这个宏大而寂静的场景，是小说的最后一幕，是个美妙的收场。吊桥上，穿着皱巴巴制服的警察，腋下夹着左轮手枪，头戴宽大的、一侧卷起的帽子，面对的是穿着半身铠甲、手中持戟的卫兵，双方彼此惊讶地对视，仿佛两个时代、两个世界被不可思议地带到一处……两边响起地狱般的吱扭声，吊闸开始缓缓升起……值得赞叹的结局！然而遗憾的是，作者忽略了他那个哈姆雷特，没有充分利用这个形象中蕴藏的巨大机遇。我不是说，应该让他死掉——莎士比亚在此不应被引为典范——但是可惜了这个机会，那个深植于普通的、对世界友善的人心中的伟大之处，未被意识到。

索朗日·马里奥
《一无所有,或曰后果》[①]

（正午出版社）

《一无所有,或曰后果》不仅是索朗日·马里奥女士的第一本书,而且还是达到了写作可能性极致的第一部小说。并不是说这是一部艺术杰作——如果一定要说的话,我会称其为诚实之作。恰恰是对诚实的需求才是今天吞噬我们所有文学作品的那只蠕虫。因为其主要病痛是羞耻感,即不能同时成为作家和完整意义上的、严谨而诚实的人。探秘文学本质所造成的痛苦,与一个敏感的孩子初具性意识时所承受的痛苦极其相似。孩子的震惊

[①] 原文为法文。

是源于我们对身体性器官生理学的内心不适,似乎需要从品位的角度进行谴责,而作家的羞耻感和震惊则源于意识到写作时必然要撒谎。有些谎言是必要的,例如在道德上的合理谎言(例如医生对身患绝症的人撒谎),但文学谎言不属此列。必须有人当医生,所以必须有人像医生一样撒谎;但是钢笔接近白纸并非被逼无奈。过往不懂得这种尴尬,因为它不自由;信仰时代的文学不会说谎,只会服务。它从此类必需的服务中解放出来,便引发了一场危机,其形式即便不是淫秽不堪的,往往也是可叹可悲的。

可叹可悲,是因为描述自己产生过程的小说,半是忏悔,半是编造。有一些,甚至为数不少的谎言保留其中——感觉到这一点,后来的文学家们就越来越多地撰写关于如何写作的内容,而损害了对情节的描写,这种方法渐渐滑落为宣称史诗不可行的作品。所以小说起初邀请我们进入它的衣橱,但是这样的邀请令人起疑,它如果不是拉皮条卖淫,至少也是在撒娇;然而替代撒谎的讨好,就是才出龙潭,又入虎穴。

反小说努力变得更加极端,就是说它决定强调,它不是任何东西的幻象。"自我小说"就像一位魔术师,在向观众揭秘自己的各种小把戏,而反小说则应该不伪装任何东西——即便是自我揭秘的巫师。所以?它承诺不交流任何东西,不说任何话,不表示任何东西——而只像一朵云、一张凳子、一棵树。从理论上讲，这很美丽。然而它失败了，因为不是每个人都能立刻成为自主世界的创造者——上帝；而文学家就更不行了。失败的决定性因素是语境：我们所说话语的意义取决于语境，也就是说，取决于根本未曾出口的东西。上帝的世界没有任何上下文，因此只有同样可以自给自足的东西能有效地替代它。请你们尽管脑洞大开，这是永远不会成功的——在语言方面。

那么，文学在意识到自身的不足之后还残留什么？自我故事是不完全的脱衣舞；而反小说，事实上，（很不幸）是某种形式的自我阉割。就像那些俄罗斯苦修者，在良心上无法忍受自己的性器官，所以自己进行噩梦般的手术，反小说就是这样戕害传统文学的不幸肌体。那还剩下了什么？除却与虚无的浪漫之外。因为谁撒关于虚无的谎，他也就不再是撒谎者了。那么应该写虚无——这就是结果。然而这个任务有意义吗？写虚无——就等于什么都不写。然后呢？……

曾写了《写作的零度》的罗兰·巴特对此毫无概念（但在真正灿烂夺目的智慧照耀下，他的思想显得平庸）。他不理解，文学总是寄生于读者的思想之上。爱情、树木、公园、叹息、耳朵疼痛——读者理解是因为他经历过。一本书可以让读者头脑里的家具乾坤大挪移，前提是在读书之前，他头脑里已经有那些家具。

从事现实工作的人们无须寄生于任何东西，如技术员、医生、建筑师、裁缝、洗碗工。相比之下，作家能创造出什么？虚幻图景。这是件严肃的工作吗？反小说想效仿数学：它可是任何现实物品也不创造！是的，但是数学不会说谎，因为它只做它必须做的事。它在必要性的压力下工作，而不会在等待时自己想出什么必要性；方法已经给定；因此数学家的发现是真实的，因此当结果将他们引至矛盾时，他们的恐惧也是真实的。作家，因为不是在这种必要性下工作，是自由的，他只与读者达成某种悄然的默契，劝导读者，希望他能够假设……能够相信……能够当真……但这只是个游戏，而不是数学得以生长的神奇压迫。彻底的自由意味着文学的彻底瘫痪。

我们在说什么？是关于索朗日（Solange）夫人的小说。我们首先要说明，根据其所处的上下文，这个美丽的名字可以有不同的理解。在法语中，它可以是太阳和天使（Sol, Ange）。在德语中，它只是指时间的间隔（So lange——这么长）。语言的完全自主性是胡说八道，人文主义者出于幼稚才相信它，愚蠢的控制论者则无权有这种幼稚。忠实的翻译机，确实！无论是单词还是整个句子，在自己的战壕和边界内，其自身是没有意义的；博尔赫斯曾经接近这种状况，在短篇小说《〈吉诃德〉的作者皮埃尔·梅纳尔》中，他描写了一个文学狂热者、怪人梅纳尔。

他借助精神准备的力量，重写了《堂吉诃德》，换句话说，逐字逐句，不是抄袭塞万提斯，而是以某种方式完美地融入了他的创作情境。小说触及奥秘之处的是这一段："对比梅纳尔和塞万提斯的书页非常精彩。例如后者写道（《堂吉诃德》，第一部分，第十九章）：'……历史是真理之母，时间的竞争者，行为的保存者，过去的见证人，给当下的榜样和警示，是给未来的教训。'"

历史是真理之母，这个想法太棒了。与威廉·詹姆斯同时代的梅纳尔并没有将历史定义为对现实的研究，而是将其定义为现实之源。对他来说，历史真相不是发生了什么，而是我们认为发生了什么。结尾语——"给当下的榜样和警示，是给未来的教训"——是无耻的实用主义。

这已经超越了文学笑话和嘲弄；这是一个坦诚的真理，想法本身的荒诞不经（重写《堂吉诃德》！）丝毫不能动摇这个真理。因为，事实上，时代背景使每个句子都充满意义；17世纪堪称"纯洁修辞"的东西，在我们的世纪里是真正的愤世嫉俗。句子不代表它们自己，不是博尔赫斯如此开着玩笑就能决定的；历史性时刻塑造语言的意义，这就是不可逆转的现实。

现在谈谈文学：无论它向我们讲述什么，最终它一定是谎言，而不是文学真实；巴尔扎克笔下的伏脱冷和浮士德笔下的魔鬼都并不存在，实话说，文学不再是它自己，而是成为回忆录、报告、告密信、日记、信件和你想要的任何东西，只是文笔欠佳。

就在此时，索朗日夫人带着自己的《一无所有，或曰后果》到来。标题？一无所有，即结果？谁的结果？当然是文学的。对她来说，说实话，对它诚实以待，也就是不说谎，这跟一无所有没什么区别。只有关于这一点，今天仍然可以诚实地写一本书。不诚实带来羞耻还不够，昨天还好，但现在我们将认出它，这是简单的伪装：一个熟练的脱衣舞娘的伎俩，她清楚地知道，在脱掉内裤时，伪装的温顺、虚假的红晕、女学生的娇羞可以令客人愈加兴奋！

所以题目已经明确。而现在的问题是，该怎么写一本什么都没有的书呢？你需要，但又不能。就写"一无所有"？重复这个词一千次？或者以这句话开头："他没有出生，所以没有姓名，所以在学校时没帮别人作弊，后来也没有涉足政治"？这样的作品可以创作出来。但它只能是把戏，而非艺术作品，就像以第二人称单数写作的大量书籍，其中的每一部都可以轻易地动摇其"原创性"，并迫使其回到应有的位置。只要将第二人称重新变回第一人称就够了，这对内容没有任何损害，也没有任何改变。在我们这个虚构的例子中也是如此——删除所有否定，那个令人厌烦的"不"，它用一些伪虚无主义的红疹把文本弄得斑斑点点,那是我们在等待时编造出的文本,坦率地说,这是另一个关于侯爵夫人的故事,她5点出了门。要说她没有出门——这才是给你的启示!

索朗日夫人没有用这个伎俩。因为她明白(而且她必须明白!),尽管可以用非叙述性手法写一些故事(比如说爱情故事),且效果并不亚于用叙述性手法,但第一个手段只是取巧之举。我们得到的是一模一样的负片而非正片,仅此而已。创新的本质必须是本体论的,而不仅是——语法上的。

当我们说"他没有姓名,因为他没有出生过"时,我们实际上已经游移于存在之外,但依然是在"不存在"的最纤薄的薄膜层里,那层薄膜紧贴着现实。他没有出生过,尽管他可以出生;他没有帮人作弊,尽管他可以帮人作弊。假如这世上有他,他可以做一切。整部作品都是基于这种"假如"。用这种面粉烤不出面包。不能通过这种操作从存在跳到不存在。因此,有必要放弃原始否认的薄膜,也就是对行动的否定,以便能够沉于虚无之中——非常深,以便扑向它,但并不盲目;越来越强烈地否定"不存在",这一定极其艰难,需要巨大的努力,这才是拯救艺术,因为这里涉及的是一场前往越来越具体、越来越宏大的虚无深渊之旅,因此这是一个过程,其悲剧性转折和搏斗可以描写——只要能成功!

《一无所有，或曰后果》的第一句是："火车还没走过来。"接下来我们发现："他还没开过来。"这时我们遇到的是否定，但否定什么？从逻辑的角度看，这是完全的否定，因为文本在存在方面绝对没有确认任何东西，而只是说什么没有发生。

然而，与完美的逻辑学家相比，读者是弱点更多的生物。所以尽管文本里只字不提，但读者的想象还是会不自觉地产生某个火车站上的场景，等候某人而不至的画面，而在知道作者（女作者）性别的情况下，对未来者的期待就立刻会充斥朦胧的与性爱相关的猜想。从中能得出什么呢？能得出一切！因为所有这些猜测的责任，从最初的词句开始就落于读者头上：小说里没有一句话确认那期待，小说在方法方面是诚实的，而且仍将保持诚实，我已经听到一些观点认为，小说的很多地方都是色情的。可是小说里没有任何一个单词认同任何形式的性；如果书里说的都是家里没有《欲经》，也没有提及任何人的生殖器官（而且它们遭到非常详尽的否定！），那这样的确认怎么可能？

我们已经从文学中知道不存在，然而只是作为"某人—缺乏—某物"。例如，口渴的人缺水。这同样涉及饥饿（也包括情色）、孤独（缺乏他人）等。保罗·瓦勒里①那句美妙的"不存

---

① 保罗·瓦勒里（1871—1945），法国作家、诗人。

在"对诗人来说是迷人的存在缺乏;不止一部诗作从这样的虚无中构建出来。但是一直以来讨论的仅涉及"某人的—虚无",即纯私人的、在个体体验层面的、本位主义的、区域性的,而非本体上的不存在(当我无法畅饮,口渴难耐,但这并不意味着水不存在!)。此类非客观的不存在,不能成为极端作品的主题:索朗日女士理解这一点。

在第一章里,火车未到,某人未出现后,继续以无人称方式进行的叙事表明,既没有春天,也没有冬夏。读者决定选择秋天,但同样只是因为四季中剩下的这个没有被否定(它也被否定了,但是在稍后的地方!)。读者因此一遍又一遍地返诸己身,但这是他自己的预期、猜测和临时假设的问题。小说里没有丝毫踪迹。第一章结束时的思考,涉及无重力空间里(没有重量的空间)的没人爱的女人,这些思考可能让人感觉淫秽——但这同样仅限于那些按自己的方式思考某些事情的人。毕竟,作品只是说,没人爱的女人不该做什么,而不是在某些体位时她能做什么。第二部分,同样是读者个人的猜想,完全是他的私人获利(或损失,如果某人愿意的话)。作品甚至强调,那个没人爱的女人不在某个雄性的身边。下一章的开头立刻就揭示了,没人爱的女人之所以没人爱,只是因为她本不存在,事情完全合乎逻辑——不是吗?

然后一场缩小空间的戏剧开始，也包括阴茎—阴道的空间，某位科学院院士、评论家对这一段不感冒。这位学者认为，这是"一把解剖锯，如果不是粗俗之语的话"。我们应该注意到，这是他个人的想法，因为在文本中我们只看到进一步的、逐步的、越来越具有一般性质的否认。如果说缺乏阴道可以让某人自尊受损，那我们已经走得太远了。根本不存在的东西怎么可能是不美味的呢？！

然后是虚无之坑，还很浅，但开始令人不安地扩大。这本书的中心——第四章到第六章——是意识。是的，它的溪流，但是，我们开始明白，这不是思考虚无的、过时的、曾经的溪流。这是不思考的溪流。句法本身未受触动，保持完好，像一座颤颤巍巍的危桥，将我们带过深渊。这是怎样的空虚！但是——我们觉得——甚至没有思想的意识也还是意识，不是吗？因为这不思考是有界限的……然而这是错觉，因为是读者自己在构建界限！文本不会思考，不会给我们任何东西，恰恰相反，一步步剥夺原本是我们的东西，阅读时的情感恰恰是这种冷酷剥夺的结果：恐怖真空震撼我们，同时又诱惑我们，我们发现阅读不只是、不仅仅是小说的欺骗性存在的灾难，而且是读者自身作为心理实体的湮灭方式！这本书是女人写的？当考虑其无情的逻辑时，事情变得令人难以置信。

作品的最后部分，它是否还能继续下去是个疑问：毕竟，这么久了，什么都没说！进一步走向不存在的中心似乎是不可能的。但是不！又一个陷阱，又一次爆炸——或者更确切地说：内爆，又一个虚无的崩溃！我们知道，叙述者并不存在；它被语言取代，它本身作为一个虚构的"它"，用语言诉说（就是这个"它""雷鸣""电闪"）。在倒数第二章中，我们头晕目眩地看到，绝对的否定得以实现。某个男人没有乘某列火车抵达，四季的不存在、气候的不存在、房子墙壁的不存在，房屋、面孔、眼睛、空气、身体的不存在——所有这些都远远落后于我们，留在一个被进一步的发展所吞噬、被像癌细胞一样贪婪的"一无所有"所吞噬的表面上，这个表面即使作为否定也不复存在。我们看到，如果指望这里会告诉我们某些事，这里会发生某些事，是多么头脑简单、天真幼稚，简直是荒唐可笑！

因此，这是一种初步归零的削减；之后，它凭借负面超验的标签下降到深处，这也是超验存在的削减，因为任何形而上学已经是不可能的了。可是要知道，新生命的中心还在我们面前。真空从四面八方包围了叙述；这是它最初的插入和入侵，在语言之中。因为讲述的声音开始怀疑自身——不，我说得不对："它在自言自语"，它坠落然后飞到某处去了；它已经知道它不存在了。如果它仍然存在，就像一个阴影，是纯粹的缺乏光：所以这些句子是缺乏存在。这不是沙漠缺水、情人缺少女，是缺乏自我。假如这是一部以经典的、传统方式写成的小说，我们可以很容易说出正在发生的事情：主人公将是这样一个人，他开始怀疑自己既没有出现，也没有做梦，而是被梦见和被显现——某个人隐藏的刻意行为（好像他是那个进入某人梦乡的人，而且多亏那个做梦者他才暂时存在）。恐惧由此喷薄而出，这些行动可能会停止，且随时可能停止——然后它立刻就灭亡！

在比较普通的小说中事情会这样发生，但在索朗日女士身上则不然：叙事者不会被任何东西吓倒，因为任何东西都不存在。那么发生了什么？语言本身开始怀疑并理解，除语言外别无他物，对每个人来说，对所有人来说，语言意味着（如果意味着什么的话），它现在不是、从来都不是、也不可能是个人的表达；它一出众人之口，作为人人唾弃的绦虫，作为吞噬了自己宿主的通奸寄生虫，它很久以前就杀死了他们，以至在其脑海中，所有关于这起不知不觉中犯下的罪行的记忆都消失了、磨损了，这语言，就像气球的表层，此前一直结实而有弹性，但空气正在悄然且快速地逃逸，它于是开始塌陷。然而，这种言语的塌陷并不是胡言乱语，也不是恐惧（恐惧的仍然只是读者，是的，读者替代它经历那完全去人格化的折磨）；还要保持几页纸、几分钟，语法的架构、名词的节点、句法的齿轮，越来越慢但越来越精确地榨出最后的虚无,彻底吞噬所有的虚无——最终的结局,半是句子,半是词语……这部小说没有结束,只是中止。在开篇时自信、天真、健康而理智地相信自己主权的语言,被背叛默默冲刷,不,应该说——它所触及的真理有着自己外在的和不光彩的起源,有着可耻的滥用(因为这是文学的末日审判),语言,在意识到它是某种形式的乱伦——不存在与存在的乱伦——之后,开始自杀式地自我否定。

是一位女士写了这本书?这太不寻常了。应该是一位数学家来写这本书,但只能是一位用自己的数学检验过并且诅咒文学的数学家。

约阿希姆·菲尔森盖德
《类启示录》

(午夜版——巴黎)

约阿希姆·菲尔森盖德是一位德国人,他用荷兰语写了《类启示录》(他几乎不懂这种语言,正如他在引言中承认的那样)并在法国出版,而法国的劣质校对举世闻名。本文的作者实际上也不懂荷兰语,但从书名、英文序言和文中少量可以理解的表达方式来看,他认为自己堪当审稿人。

约阿希姆·菲尔森盖德不想当个知识分子,这个时代随便什么人都可以成为知识分子。他也不想被当成文学家;只有存在对创作素材或创作所针对的人的抗拒之时,才有可能产生有价值的创作。但是,既然在宗教和审查禁令死亡之后,人人可以畅所欲言，也就是什么都可以说，在谨慎小心、因为一个词而瑟瑟发抖的听众消失后，可以随便对任何人喊叫任何事，这时文学及其整个人文性就都变成了尸骸，它的分解过程被至亲们执拗地掩饰。因此，应该为文学创作寻找新的领域，在新领域里应该有阻力，使人有恐惧感和危机感——从而产生严肃性和责任感。

如今，只有预言才能成为这样的领域，这样的活动。因为先知不抱任何希望，他预先知道自己既不会被倾听，也不会被认可，更不会被接受，他应该先验地接受哑巴的状态。沉默者既是沉默不语的人，也是身为德国人，却用英语向法国人做开场白，然后再用荷兰语讲话的人。因此，菲尔森盖德是按照自己的假设工作。我们强大的文明，他说，努力以最耐用的包装生产尽可能不耐用的产品。不耐用的产品很快就需要更新，这有利于大家生存；而包装的耐用性使其难以处理，有利于技术和组织的进一步发展。因此，如果说买家尚可单独应付一系列伪劣产品的话，处理包装则必须有专门的反污染计划、除污罐、协调工作、规划、联合治污企业等。过去，可以指望凭借狂风和降雨、江河和地震等自然力将垃圾的增长保持在较温和的水平上，而现在，曾经淘洗和冲刷垃圾的一切都变成了文明的排泄物：因为江河在毒害我们，大气在烧灼我们的肺和双眼，风将工业尘埃撒在我们头顶，而塑料包装是有弹性的,即便是地震也无能为力。因此,文明的排泄物现在是寻常的风景,自然保护区只是一个暂时的例外。在产品脱掉的外包装形成的景观中,人们正忙于消费一样脱去包装的产品,那就是性——最后一种天然产品。然而,性也被赋予了大量的包装,比如服装、表演、玫瑰、口红和其他广告封面等。因此,文明只在个别片段值得赞叹,比如肌体的心脏、肝脏、肾脏包括双肺的精确值,因为这些器官的高速运转意义重大,尽管如此,如果是一个疯子的身体,那么这些完美器官构成的身体的行动也就没有任何意义。同样的过程——先知说——在精神财富领域也在发生,因为可怕的文明机器,在启动之后就成了众缪斯的机械挤奶器。它让图书馆书满为患,把书店和报刊亭逐渐淹没,让电视屏幕粗鄙不堪,堆积如山,其数量本身的力量就无人能敌。如果在撒哈拉沙漠里有40粒沙子,找到它们才能拯救世界,那么找到它们,就跟找到早已写就却淹没于故纸堆的40部救赎之书一样困难。

这些作品肯定已经写就,因为有精神产品的统计数据为证,该统计数据是约阿希姆·菲尔森盖德用荷兰语以数学语言讲述的,评阅人尽管既不懂荷兰语,也不懂数学语言,但还是凭着信任而重复他的数据。因此,在灵魂得到美妙绝伦之物的滋润之前,先被我们用垃圾窒息了,因为垃圾的数量要多4万亿倍。况且它们已经被窒息了。预言之事业已发生,只是因为人们都步履匆匆,所以还未被察觉到。因此预言成了马后炮,因此被称为《类启示录》,而不是《启示录》。我们通过以下迹象识别它的步态:无聊、肤浅和迟钝,以及——加速、通货膨胀和自慰。精神自慰就是用预言带来的自我满足来替代成就,先是广告让我们自慰至死(广告是商品思想所能够承担得起的显现的退化形式——与个人思想相反),然后自慰——作为一种方法——接手了剩余的艺术。这是因为信仰商品与信仰上帝的效果不同。

天才的适度成长,他们的天生慢熟,他们的精挑细选,他们在细致而敏感的口味范围内的自然选择——都是过去的、已经灭绝的现象。最后一个仍在发挥作用的刺激是咆哮;但咆哮的人越来越多,且都使用越来越有力的强调语,在灵魂了解到什么之前,先要忍受鼓膜的冲击。昔日那些天才的名字,已经越来越不为人所知,而只剩些空洞的声音;所以这是预言中注定的灾祸,除非约阿希姆·菲尔森盖德建议的事得到完成。要成立一个Humanity Salvation Foundation——人类拯救基金,出资16万亿的黄金,年利率百分之四。该基金将用于支持所有创造者:发明家、科学家、技术人员、画家、作家、诗人、剧作家、哲学家和设计师,按以下建议的方式支付。那些不写作、不设计、不绘画、不申请专利或不提出建议的人——终生领取36000美元，而那些从事上述行为者，所得将会相应减少。

《类启示录》包含完整表格，列明所有创作形式的扣除额。每年有一项发明或出版两本书，你一分钱也得不到；出版三本书的话，就得自己出资补贴了。这样的话，只有真正的利他主义者，真正的精神苦修者，一心爱人、舍己忘身的人才能有所创造。然而，停止生产可出售垃圾，约阿希姆·菲尔森盖德从自身的经验懂得，是有损失的！——他出版了自己的《类启示录》。因此他知道，完全无利可图并不意味着彻底消灭所有创造力。

然而，利己主义表现为对财富的贪婪与对名望的贪婪相结合：为了阻止后者，救世计划引入了对创作者完全匿名的方式。为防止无能之辈提交奖学金申请，基金会将通过适当的机构审查候选人资格。候选人提出的想法是否有实际价值根本无所谓。唯一重要的是项目是否具有商品价值，即是否可以作为商品出售。如果是这样，奖学金将立即颁发。对于地下创作活动，则在司法体系内建立惩罚和镇压制度，由紧急监视机构负责追查；还引入了一种新型警察，即反创作侦察巡逻队。根据刑法——任何人秘密写作、散布、收藏，甚至只是默默地向公众暗示各种创造力的萌芽，渴望从中获利或者成名的行为，都将受到隔离、强迫劳动的惩罚；如果是累犯，则将被处以关黑屋、睡硬板床和每逢犯罪周年遭受鞭打的惩罚。对于将此类思想走私到社会，对生活造成堪比汽车、电影、电视等瘟疫的悲剧性影响，将受到主刑惩罚，附加公开鞭挞和强制终生使用自己的发明。企图也将受到惩罚，预谋带来的结果是贴上羞辱标记，形式是在额头盖上无法洗掉的油漆字符——"人类公敌"。然而那种被称为"精神错乱"的不指望利益的粗制滥造却可不受惩罚，罹患此疾的人作为对秩序造成威胁的人，必须与社会隔绝，关到特制的封闭机构中，得到人道主义的对待，并被提供大量的墨水和纸张。

当然，世界文化并不会因为这种限制而受损，而是会蓬勃发展。人类将转向自己历史上那些伟大的作品，雕塑、绘画、戏剧、小说、仪器和机器的数量已经足以满足许多世纪的需要，也不会阻止任何人做出所谓的划时代发现，只要他保持沉默。

以这种方式规定了各种事情，即拯救了人类之后，约阿希姆·菲尔森盖德继续解决最后一个问题：如何处理已经出现的这种可怕的过度行为？作为一个具有非凡公民勇气的人，菲尔森盖德说：20世纪业已创造的东西，即使它包含思想的钻石，在整体衡量时也一文不值，因为在垃圾海洋中你无论如何是无法找到这些钻石的。

因此，他要求销毁所有成批产生的东西，如电影、插图杂志、明信片、歌曲、书籍、论文、报纸，这次行动将是一次彻底的"清理奥革阿斯牛圈①"——彻底平衡历史上的"拥有者"和人类预算中的"欠债者"(其中将被毁灭的还有关于原子能的数据,从而消除对世界的现实威胁)。约阿希姆·菲尔森盖德指出,焚书或烧毁整座图书馆的可耻之处他当然心知肚明,但是历史上的信仰审判——例如在第三帝国——被认为是可耻的逆行,是因为它们是保守的。这完全取决于从什么位置燃烧。所以他提出了一个拯救性、进步性、救赎性的信仰审判,作为一个始终如一的先知,在结尾处他要求读者先撕毁和焚烧他自己的这本预言。

---

① 源于希腊神话,形容"最肮脏的地方或者积累着成堆难以解决的问题的地方"。

吉安·卡罗·斯帕兰扎尼
《白痴》

（阿诺多·蒙达利出版公司）

意大利人拥有了一位我们非常缺乏的、敢大声讲话的年轻作家。而我曾担心，年轻人会被某些学者的隐性虚无主义所感染，那些学者宣称，整个文学已经穷途末路，无物可写，现在只能拾前人牙慧，仰赖那些所谓的神话或原型。那些声称创造性枯竭（太阳之下已无新鲜事物）的预言家，并非以放弃的态度宣称自己的观点，而是从贯穿了几个世纪的期待艺术降临的视角，这仿佛激发出他们的某种反常的满足感。对于当今世界的技术崛起，他们心怀不满，带着卑鄙的窃喜期望坏事发生，就像阿姨们期望因爱情而轻率结合的婚姻早晚出事一样。所以我们现在有了珠宝匠人（因为卡尔维诺源于本韦努托·切利尼①，而非米开朗琪罗）和自然主义者，他们羞愧于自然主义，所以假装写的东西有别于他们力所能及的东西（阿尔贝托·莫拉维亚②），但我们没有冒险家。这种人很难找到，因为现在只要嘴上长着一副流氓胡须，人人都可以装成勇敢无畏者。

年轻的散文作家吉安·卡罗·斯帕兰扎尼傲慢到无所畏惧的程度。他表面上把专家的意见当作福音，但之后则恶言相对。因为他的《白痴》不仅标题源自陀思妥耶夫斯基的小说，而且更进一步。我不知道对其他人来说如何，对我来说，如果我认识作者的脸，那写关于这本书的评论会比较容易。

照片中的斯帕兰扎尼不是很讨人喜欢，他是个年轻人，额头低平，眼睛浮肿，一双小黑眼睛充满邪恶，而尖下巴则让人感到不安。可怕的孩子，一个邪恶、狡猾和残忍的人，还是一个幼稚的直言不讳者？我找不到恰当的表述，但我保持第一次读《白痴》时的印象：这种精致的狡猾本身就自成一体。他是用笔名写作吗？毕竟，伟大的、开创历史的斯帕兰扎尼③是个活体解剖

---

① 本韦努托·切利尼（1500—1571），意大利文艺复兴时期的金匠、雕塑家、画家。
② 阿尔贝托·莫拉维亚（1907—1990），意大利20世纪著名小说家，代表作有《鄙视》《冷漠的人》等。
③ 拉扎罗·斯帕兰扎尼（1729—1799），意大利生物学家、生理学家。

者——这个30岁的青年也是。这种姓氏的重合很难令人相信纯属巧合。这位年轻作者是个傲慢无礼的人：他在自己那部《白痴》的前言里，带着表面的坦诚解释了自己为什么放弃了重写《罪与罚》的最初念头，他本想将其变成由马尔梅拉多夫的女儿以第一人称讲述的故事《索尼娅》。

那份傲慢无礼却不失优雅，如他解释的那样，他克制住了自己，因为不想损害原著。尽管违背本心——他不得不（他说）过度消费陀思妥耶夫斯基为自己那位光辉照人的妓女所树立的雕像。索尼娅在《罪与罚》中断续出现，因为小说是"第三人称"讲述的；换成第一人称的讲述则必须让她始终存在，包括其工作期间，而她从事的是那种非比寻常的直抵灵魂的工作。关于其精神童真未被身体堕落的经历所污染的公理，不会毫发无损地幸存下来。以这种扭曲的方式为自己辩护后，作者关于真正的问题——"白痴"，没有宣布任何信息。这已经可以说是狡猾了：他做了他想做的事，因为他向我们展示了大致的对象；傲慢无礼之处在于，对于他必须在陀思妥耶夫斯基之后重提这个话题的道德缘由，他只字未提。

这是一个现实主义的、很真实的故事，初看上去让人觉得是基于社会底层。一个非常普通的小康之家，一对平凡、本分的夫妻。这对夫妻品格高贵，但头脑并不灵活，有一个智障的孩子。

起初的预兆都很好，像所有孩子一样，他非常可爱；最先开口说的单词，那些无意识中说出的新鲜词句，成长为连贯语句的过程中的副产品，这些记忆都被小心地保存在父母记忆的圣物盒里。这些令人愉悦的尿布中的天真，现在被封在了噩梦之中，显示了本可能的幸福与发生的事之间能够有怎样的天壤之别。

孩子是个白痴。和他一起生活、照顾他是一种煎熬，更残忍的是，这份煎熬源于爱。父亲几乎比母亲大二十岁，有些夫妇在类似的情况下会再试一次，这里不清楚是什么使这种做法徒劳无功——生理学或心理学。但我猜是爱情。在常态的条件下，这份爱永远不会得到如此的强化。正因为是个白痴，这孩子才让他的父母更加完美。他完善他们的程度，就像他离正常人的差距一样大。这可能是小说的意义、主旋律，但这只是一个前提。

与外界打交道，与亲人、医生、律师交往时，爸爸妈妈都是普通人，忧心忡忡但又有所克制，因为这种状态已经持续多年：有足够的时间冷静下来！绝望、希望，前往各国首都，去看一流医学专家的阶段已经过去了。父母已经明白，毫无希望。他们不再有幻想。现在去拜访医生、律师只是为了在自然监护人不在时，确保白痴能有某种体面的、可以容忍的生活方式。得找到立遗嘱人，确保财产安全。这个过程进展缓慢，因为事项繁多，需要深思熟虑、仔细斟酌。既枯燥乏味又扎实认真：阳光之下没有比这更自然的事了。然而当他们回到家,当仅剩他们三个时,情况立刻发生改变。我会说:就像演员走上舞台。好吧,但不清楚舞台在哪里。还要有待观察。他们从不预谋,事先从不交流一词——从心理学角度看这是不可能的。随着时光流逝,父母创造了一个解释白痴行为举止的系统,这个系统能让别人每时每刻都理解白痴的行为。

斯帕兰扎尼在常态中找到了这种行为的萌芽。很清楚的是,对小孩子充满爱的外部环境,对一个从婴儿期走出来的孩子来说,会拖拽他的反应和语言尽可能向上发展;无意识地模仿语言是有意义的;在含混不清的胡言乱语中,人们发现了智慧;儿童心理的不可接近性,都为观察者,特别是那些溺爱孩子的观察者提供了巨大的自由。

合理化白痴的行为一定是这样开始的。可能父母会争先恐后地发现能证明孩子说话越来越好、越来越清晰,整个人正变得越来越好,散发出善意和情感的证据。我说的是"孩子",但在情节开始时,那已经是一个14岁的少年。当现实如此不断地否定虚构时,需要怎样的自欺欺人、怎样的把戏、怎样的解释——简直是幽默的疯狂——才能拯救虚构呢?好吧,这一切都可以做到——父母的牺牲就是这样的举动构成的——都是为了白痴。

隔离必须是彻底的:世界不会给他任何东西,对他不会有任何帮助，所以是他不需要的。是的，世界给他，而不是他给世界。他的行为的唯一阐释者必须是秘密的——他的父母，借此，一切都可以加以处理。我们不会知道，白痴是杀了祖母，还是帮助生病的祖母死去，可以把各种证据并排放在一起：她不相信他（就是说，祖母不相信父母为他立的人设——尽管我们不知道，白痴能够感受到多少这种"不相信"）；她有哮喘，甚至用毛毡包裹过的大门也挡不住她在发病时的喘息声；他无法入睡，当病情加重时，那声音使他怒气冲天。人们找到他时他正安睡在死者的卧室里，他就睡在死者的床下，而床上，死者的尸体已经僵硬。

在父亲查看自己的母亲之前，首先把孩子带到了儿童房，他怀疑什么了吗？这一点我们不得而知。父母永远不会触及这个话题，因为有些事他们在做，但并不会加以命名，仿佛他们事先就明白，一切即兴创作都有自己的边界，当他们必须无可挽回地置身"这些事情"时，他们会唱歌。他们做必须做的事，同时表现得像爸爸和妈妈。夜晚的时候唱着摇篮曲，或者白天需要哄孩子的时候，唱起他们童年时的老儿歌。事实证明，唱歌比沉默更能关闭智力之门。我们一开始就听到，也就是说——仆人、园丁都听到了，"悲伤的歌"，园丁说。很久以后我们开始猜测，就是这首歌背后，一定伴随着什么可怕的活动——尸体被发现时是凌晨时分。多么高贵的感情啊!

白痴的行为非常可怕——具有间歇性深度痴呆症所特有的创造性,知道如何狡诈行事;他还以此方式激励父母,因为他们必须胜任每项任务。有时他们的言语与行为完全吻合,但这很少见;最恐怖的是,他们做的是一件事,说的是另一件事,因为在这里,一个截然不同的、充满呵护与爱意以及彻底奉献的想法,对抗着白痴的想法,只有两者之间的距离将这些牺牲行为变成恐怖行为。但是父母大概已经视而不见了:毕竟这样过了很多年!面对所有新的惊喜(委婉语:白痴不会放过任何东西),先是有片刻,我们和他们一起感到恐惧:一种压倒性的恐惧,即它不仅会破坏当下,而且会一举颠覆父亲和母亲经年累月精心搭建的大厦。

我们错了。一次纯属条件反射的交流眼神,以随意谈话的语气简单交流意见之后,就开始承担新的重担,将其纳入创造出的结构中。在这些场景中,有令人难以置信的幽默和引人入胜的高贵,多亏他们心理学方面的准确,事情很清楚。当终于必须得穿上"儿童套衫"时,他们鼓起勇气使用的那些词句啊!当不知道该拿剃刀怎么办时,或者当母亲从浴缸里跳出来,把自己反锁在盥洗室里时,然后,整个房子被弄得电线短路,到处一片漆黑,她不得不摸黑挪开家具堆成的路障,因为这些路障对于困扰她的孩子来说，比电器故障威胁更大。在前厅里，她浑身湿漉漉地裹在厚地毯里（可能是因为那剃刀的原因），正在等待父亲回家——从上下文截取出来的这样一段概略听起来似乎粗俗不雅，甚至糟得令人难以置信。父母按照他们的经验行事，他们明白，让这些事符合常态——不管如何解释——都是不可能的；他们甚至不自知，是什么时候轻松跨越了那道常态的边界，进入普通饮食男女难以涉足的领域。不是朝着癫狂的方向，并非如此——人人皆可发疯的说法是不对的。但人人都可以信仰。为了不让家庭蒙羞，他们必须变得神圣。

这个词在书中并未出现，按照父母的信仰，白痴既不是上帝，也不是神祇，万物总得有个称呼吧；他只是不同于其他生命体；他就是他自己，迥异于其他任何孩子或年轻人；他们义无反顾的爱和唯一就在这另类之中。被排除在外？那么你们自己读一读《白痴》吧，你们会看到，信仰不仅是头脑的形而上的能力。情形是一种完全自我的物质，它始终植根于激烈冲突之中，只有荒诞的信仰可以将它从诅咒中拯救出来，在这里是指，从精神病理学专有词汇中拯救出来。如果心理医生把上帝的圣徒们都当作偏执狂，那为什么不能反过来？白痴？这个词出现在情节里，但仅在父母跻身人群之时。他们用他人的语言说自己的孩子，用医生、律师、亲戚的语言，但他们了解得更清楚。他们对别人撒谎，因为他们的信仰没有传教的特征，所以也没有要求异教徒皈依的那种咄咄逼人。况且父母都非常清醒，从未有片刻相信皈依的可能性：对此他们并不在意，毕竟要拯救的并非整个世界，而只是三个个体而已。只要他们活着，有共同的教堂足矣。这里既无关羞耻，也与声望无涉，更谈不上日渐衰老的夫妻俩发疯的问题，那种疯病被称为"二联性精神病"①。这只是尘世中短暂的、发生于有中央供暖的房子里的爱之胜利，它表现的是那句"因为荒谬，所以相信"②。如果这是疯癫，那么每一种信仰都不过是发疯。

斯帕兰扎尼一直在夹缝中前进，因为对于小说来说，最大的危险在于成为对圣家族的模仿。父亲年纪大？那就是圣约瑟了。母亲小得多？圣母玛利亚。至于那个孩子……我想，假如陀思妥耶夫斯基没有写过《白痴》，这种寓言性根本就不会出现——或者如此溉漫不清，只能被少数人勉强发现。可以这样说，斯帕兰扎尼对《福音书》绝无否定之意，也丝毫没有想去触及圣家族，而如果最终还是产生了——这无法完全避免——这种意外后果，那么"罪责"只能由陀思妥耶夫斯基和他的《白痴》来承

---

① 原文为法文，folie en deux，意为"二人共享的疯狂"，形容一个有精神病症状的人，将妄想的信念传送给另一个人。
② 原文为拉丁文。

担。原来如此，作品的弹药火力原来是以这种方式集中于此，只是为了瞄准大文豪展开攻击！梅什金公爵，这位圣人般的癫痫患者，被介绍为苦行僧般的年轻人，一个带有癫痫标记的耶稣——他在这里是一个连接符、一个传递点。斯帕兰扎尼的白痴有时以颠倒的符号令人想起他！这仿佛是疯子的变体，恰恰可以这样去想象那个面色苍白的少年梅什金，当癫痫带着它神秘的光环、野兽般的抽搐发作时，他天使般的青春形象第一次被彻底粉碎。小伙子是个傻瓜？是的，但是直到初领圣餐，他高贵的愚蠢行为一直持续不断，例如他因为音乐感到窒息，于是砸碎唱片，自己也受了伤，然后试图把带着自己鲜血的唱片吞下去。这是一种形式的圣餐变体论[①]，也是一种尝试——显然巴赫的音乐里有什么在叩开他混乱的意识，如果他想把它变成自己的一部分，就吃掉它。

假如父母把整件事都托付给机构化的上帝，或者，假如他们创造一个三人的宗教替代品，某种邪教，连同一个假冒上帝的心智未开的神，那么他们的失败是注定的。但他们一刻也未停止担当普通的、真正的、备受折磨的父母，他们甚至从未想过有关宗

[①] 圣餐变体论，也叫变质说、化质说，是基督教神学中有关圣体实在的理论之一，认为面包和葡萄酒可以通过圣餐礼转化为基督的身体与血液，这一说法为罗马天主教所认同。

教的途径，他们从未允许任何人、任何并不急切的事立刻成为必要之事。所以他们根本没有创建任何体系：是他，因缘巧合，出生在他们家，现身于他们面前，事出意外，并无计划，甚至令人怀疑。他们没有经历过任何显现，开始时就他们自己，也还剩下他们自己。所以是尘世之爱，只有尘世之爱。我们已经摆脱了文学中的爱的力量，文学在汲取了玩世不恭的态度之后，自己古老的浪漫主义脊梁已经被精神分析学说打得粉碎，对曾经汲取养料的、人类命运波浪起伏的这一部分已经视而不见，尽管恰恰是爱为我们哺育了整个历史的经典文学。

这是一部残酷的小说。先是关于无边无际的代偿天分，所以也是关于创作，每个人，随便某个人，只要命运让他经受相应任务的折磨，他就能成为创作的源泉。而接下来，是关于爱可能呈现的形式，即便它已被剥夺希望，已被投入绝望的深渊，但仍未放弃爱的对象。在这样的语境下，那句"因为荒谬，所以相信"是"生有涯，而爱无涯"的现世对应语。小说讲述的是（这已不再是一出父亲和母亲的悲剧，而是一份人类学报告了），在各种微观机制下，是如何产生了可命名世界万物的纯粹意向性，所以这并非超验，不，这里要说的是，未被随机发生的强烈耻辱和丑陋所侵扰的世界，也可以被赋予新的意义——也就是说，"转换、变形"等词语所包含的内容。假如我们不能将恶魔的特征转变为天使的相关性，我们就无法延续：这本书讲的就是这个。对超验的信仰可以是完全不必要的，没有它也可以抵达神正论的慈悲（或磨难），因为人的自由并不栖身于认识事物的各种状态，而在于可以为它们赋予新的意义。如果这不是真正的自由（这里涉及的其实是极端的奴役——以爱的方式！），那就再没有别的可能了。斯帕兰扎尼的《白痴》不是双性同体的基督教神话寓言，而是无神论的异端邪说。

斯帕兰扎尼就像用老鼠做实验的心理学家，将其作品中的主人公拿来做试验，以验证他的人类学假说。与此同时，该书是对陀思妥耶夫斯基的抨击，仿佛后者仍然在世且仍在写作。斯帕兰扎尼写自己的《白痴》，是为了向陀思妥耶夫斯基证明其乃糟糕的异端。我不能说，他的抨击得偿所愿，但我明白其意图：要摆脱那位伟大的俄国人将自己的时代和接下来的时代都封闭其中的受诅咒话题。作者的意思是，艺术不能只向后看，不能满足于耍杂技，需要新眼睛、新视角，首先是新思想。同时，让我们记住，这是第一本书。我将期待斯帕兰扎尼的下一部小说，我已很久没有如此期待了。

"自制图书"

写"自制图书"的沉浮往事是一件很有教益的事。出版市场上的这个新生事物引发的争论如此热烈,以致掩盖了现象本身。也正因如此,导致此事失败的原因至今不明。没人尝试在这方面进行一次民意调查。也许这是对的,也许决定这场游戏最终命运的普罗大众,自己也不知道在做什么。

这项发明足足流行了20年,令人惊讶的只是,为什么之前没人付诸实施。我记得那个"小说建造套装"的最初几册。一个像一本大书的盒子,里边装着说明书、目录以及一套"建造部件"。建造部件是一些宽窄不一的纸条,上边印有散文片段。每张纸条的边缘都打了小孔，便于装订，还印着各种颜色的数字。按照"基础色"黑色的编码排列所有纸条，就能获得"初始文本"，它通常由至少两本经过适当删节的世界文学名著组成。假如套装只用于此等重构，那就失去了意义和商业价值。关键在于存在将各部分重新洗牌的可能。说明书通常会给出几个重新组合的范例，纸片边缘的彩色数字就是干这个用的。创意的专利属于"环球公司"，涉及的是著作权已经失效的书籍。都是一些经典作家的作品，如巴尔扎克、托尔斯泰、陀思妥耶夫斯基等，由出版社里不知名的小组适当删节。发明者们必定会将这个大杂烩指向某一类人，对经典的改造和扭曲（其实是其原始粗劣版本）可能令其开心。你拿到手的有《罪与罚》《战争与和平》，你可以随心所欲地运用其中的人物形象。娜塔莎可以在婚前和婚后放纵，斯维里加洛夫可以娶拉斯科尔尼科夫的妹妹，而拉斯科尔尼科夫可以逃脱惩罚，与索尼娅一起前往瑞士，安娜·卡列尼娜不是因为伏伦斯基背叛丈夫，而是跟仆人有染，等等。批评家们异口同声地抨击这种亵渎行为，而出版商则竭尽所能自我辩护，甚至相当自如。

附在套装里的说明书断言，依此就可以学会编排小说素材的规则（"初学写作者最适宜！"），也可以把套装用作心理投射试验（"告诉我，你拿《绿山墙的安妮》怎么样了，我就告诉你你是谁")。一句话——这是文学新人的训练工具和给每一位文学爱好者的游戏。

不难相信，出版商的意图并不高贵。世界图书出版公司在说明书中提醒买家，不要使用"不恰当"的组合。这是指将文本段落进行重组，给原本纯洁无瑕的场景赋予反义：通过加入一句话，两个女人间清白的谈话就开始带上了同性恋暗示，也可能会导致，在狄更斯笔下的高贵家庭里发生乱伦事件——任由灵魂的渴望行事。"提醒"可以被理解为鼓动，措辞巧妙，没人能指控出版商有伤体面。是的，因为他们既然在说明书中指明，不应该这么做……

著名批评家拉尔夫·萨默斯因为无能为力而倍感愤怒（在法律方面此事无懈可击，出版商为此竭尽所能）。他写道："所以当代的色情已经不够了。还得以相似的方式玷污过去发生的一切，那一切本都去除了肮脏的意图，而且恰恰是坚决反对的。这种黑弥撒的廉价替代品，每个人都可以花上4美元，自己在家里，在被害的经典人物毫无防备的身体上实施，这是真正的耻辱。"

人们很快发现，萨默斯在其预示灾祸的发言中有些夸张的成分：生意并不像出版商预期的那么红火。于是他们很快就开发出新的"建造套装"，完全由空白页组成的书卷，可以立刻将带文本的纸条排列在里边,因为这些纸条和书页都涂抹着单分子磁性薄膜。"装订"工作因而大大简化。然而这一创新也没有走红。难道是像某些理想主义者(如今已经非常稀少了)推测的那样,公众拒绝参与"折磨经典"?很遗憾,我觉得,归因于如此高尚的态度站不住脚。出版商私下的期望是,希望很多人会喜欢上这个新游戏。说明书的某些段落写道:"自制图书"让你能对人类命运获得类似上帝的权力,迄今为止只有世界上最伟大的天才才享有此等特权。拉尔夫·萨默斯在一篇抨击性文章中声称:"你可以立刻贬低所有高贵,玷污圣洁的一切,伴随这些工作的将是愉悦的感觉,即你不必倾听什么托尔斯泰、巴尔扎克的说教,因为只要你愿意,你就可以在这里施展你的权力!"

可是,愿意做这种"玷污者"的人为数寥寥。萨默斯预言"作为攻击文化中永恒价值的新萨德主义"将繁荣兴盛,但与此同时"自制图书"的销售却乏善可陈。我们暂且相信,公众是受了下面这句话的影响:"这一丁点儿的理智和正义被亚文化的痉挛成功地遮掩了。"(L. 埃文斯,载于《基督教科学箴言报》)笔者不赞同埃文斯的观点——尽管希望如此!

那么,到底是怎么回事呢?据我推测,事情简单得多。对于萨默斯和埃文斯,对于我,对于栖身于大学季刊内的几百位批评家,以及全国各地数以千计的书呆子来说——无论是斯维里加洛夫、伏伦斯基、索尼娅·马尔梅拉多夫，还是伏脱冷、绿山墙的安妮、拉斯蒂涅，都是极其熟悉、亲近，有时甚至比许多现实中的熟人更加生动真实。但对于普通大众来说，那只是些空洞的发音，无意义的称呼，所以对于萨默斯、埃文斯来说，对于我来说，将斯维里加洛夫与娜塔莎联系起来是可怕的事，但对于公众来说这与X先生与Y女士的结合别无二致。对于更广大的公众来说没有固定的象征价值——无论是高贵的感情还是道德败坏——这类形象无法吸引人们来进行颠倒黑白的或者其他任何类型的游戏。他们完全是中性的。对任何人都无所谓。而出版商们尽管玩世不恭，却没有想到这一点，因为他们并未真正理解文学在市场上的状态。如果某人发现某本书中蕴藏着巨大的价值，那么将此书用作鞋擦，对他来说就不仅是蓄意破坏，而且是黑弥撒——就像萨默斯想的那样，因为他就是这么写的。

然而，当今世界对于这种文化价值的无动于衷已经远超游戏作者的预想。没人想玩"自制图书"并非因为心怀高贵情操，克制了亵渎经典的欲望，而只是因为，人们并未发现四流作家的书与托尔斯泰的作品之间有什么差别。二者都无所谓。哪怕公众中尚有"践踏的欲望"，那么在他看来，"也没什么有意思的东西值得践踏"。

出版商理解了这特别的一课吗？在某种意义上是的。我不认为他们是按照上述的文字理解了现状，但是，凭本能、凭嗅觉，他们还是开始向市场推出"建造套装"的改良版，而且销售情况好转，因为可以组合纯粹色情和龌龊的文字拼图。残余的唯美主义者大松一口气，至少那些伟大杰作的遗骸得到安宁。于是他们不再对这个问题感兴趣。精英文学季刊上，那些义愤填膺、顿足捶胸的文章消失不见了。因为非精英读者圈里发生的事，与艺术的奥林匹斯山及其宙斯们毫不相干。

那座奥林匹斯山后来又醒来了一次，是因为贝纳德·德·拉泰勒按照翻译成法文的《盛会》（*The Big Party*）套装改造出一部小说，并因此获得了费米娜奖。这可引发了一场丑闻，因为狡猾的法国人忘了通知评委会，他的小说并非完全原创，而是组合的产物。德·拉泰勒的小说《黑暗中的战争》倒并非毫无价值，其改造过程要求才华和旨趣兼备，"自制图书"的普通买家是不具备的。但这一孤立事件并未改变什么；从一开始就很清楚，这场游戏介乎于愚蠢的玩笑和商业色情之间。没人靠"自制图书"发大财。已经学会最低要求的唯美主义者感到高兴，因为如今街头爱情小说里的人物已经不能涉足托尔斯泰式的沙龙了，而高贵的姑娘，如拉斯科尔尼科夫的姐妹，也已经无须再跟盗匪和恶棍们为伍了。

在英国，"自制图书"的一个搞笑版本仍在繁衍；他们出版的套装,可以让人按照"纯属胡扯"①的规则来搭建短文。自学成才的文学家很开心,在他们的微型小说里,人代替果汁,被伙伴们倒进瓶子;加拉哈德爵士跟自己的马玩恋情;做弥撒时,神父在神坛上启动了电动火车;等等。显然,这让英国人开心,一些报纸为这种小短文开辟了专栏。然而,"自制图书"在欧洲大陆事实上已经绝迹了。我们可以引用某位瑞士批评家的推测,他对这场游戏的失败原因有与我们不同的解释,他说:"公众过于懒惰,甚至连亲自强奸、脱衣、折磨都不干了。如今这一切都让专业人士代劳。'自制图书'要是出现在六十年前,倒有可能成功。它诞生得太晚,所以胎死腹中。"除了长叹一声,对这一论断还有什么可补充的呢?

---

① 原文为英文。

库诺·姆拉捷
《伊塔卡的奥德修》

作者是个美国人，小说主人公全名荷马·玛丽亚·奥德修，他的出生地伊塔卡是马萨诸塞州一座只有4000居民的小镇。故事是关于奥德修从伊塔卡出发的一场意义深远的远征，而且也因此牵涉令人敬仰的原型。的确，开头似乎看不出这样的迹象。荷马·奥德修被指控点火焚烧洛克菲勒基金会的E.G.哈金森教授的汽车而被告上了法庭。至于他必须烧车的理由，只有教授亲自出庭，他才肯透露。等到教授真的到场，奥德修假装要和教授耳语几句，跟他讲些特别重要的事，但他趁机咬了教授的耳朵。庭上顿时一阵大乱，辩方律师要求进行精神病检查，法官犹豫不决，而奥德修在被告席上发表了演讲。他解释说自己想起了黑若斯达特斯①，因为汽车是我们这个时代的圣殿，而他咬了教授的耳朵，因为斯塔夫罗金②就是这么做的并一举成名。他也需要出名，为的是随之而来的金钱，使他能够投资于一个他为造福全人类而设计的项目。

说到此处，法官制止了他的演说。奥德修因破坏汽车被判处监禁两个月，而因藐视法庭再判处额外两个月监禁。他还有可能被哈金森因伤害外耳而提起民事诉讼。而奥德修成功地将演讲稿交给了法庭里的记者。他以这种方式达到了目的，新闻会报道他。

奥德修的演讲稿《寻觅灵魂的金羊毛》中包含的想法其实很简单。人类的进步归功于天才。思想的进步尤其如此，众人一起可以发现击打燧石的办法，但不可能集群体之力发明数字零。发明数字零的人是历史上第一位天才。"零——有可能被四个人一起想出来吗？每人贡献四分之一？"荷马·奥德修以其特有的讥讽口吻问道。人类并不习惯于善待天才。"而当天才是个坏生意！"奥德修以糟糕的英语说道。天才的境遇

---

① 黑若斯达特斯是一个古希腊年轻人，为了在历史留名，纵火烧毁了位于土耳其以弗所的世界七大奇迹之一——亚底米神庙。如今人们谈到他时通常带有负面含义，暗指那些为了出名不择手段的人。
② 陀思妥耶夫斯基小说《群魔》中的人物。

很糟糕。并非所有人都一样，因为天才也千差万别。奥德修提出了这样的分类：首先是才具一般的普通天才，也就是三等天才，他们的思想不太能超越自己所处的时代。相对来说，这些人受的威胁最小，经常得到辨识，甚至能获得金钱和荣耀。二等天才对于同时代的人来说则过于难处了。他们也因此处境更糟。在古代他们主要是遭受石刑，在中世纪——遭受火刑，之后，随着风俗的逐渐柔化，已经允许他们自然饥饿而死，有时甚至用公款把他们养在疯人院里。某些人被地方当局投递了毒药，很多人被流放。与此同时，教会和世俗的权力机关都在争夺"灭绝天才"竞赛的头等奖，奥德修如此称呼形式多样的戕害天才运动。然而，等待着二等天才的是死后追认。作为补偿，图书馆和公共广场用他们的姓氏命名，还要竖立喷泉和纪念碑，历史学家为这些过往的失误矜持地流下泪滴。除此之外，奥德修断言，还存在，因为一定会存在顶级的天才。那些中间等级的天才或是被下一代发现，或是被以后的某一代发现，而头等天才则永远不会被任何人感知，无论是在世之时还是过世之后。因为他们发现的真理闻所未闻，提供的建议具有颠覆性，以致没人能懂。因此，持久的默默无闻成了顶级天才的寻常命运。何况智慧稍逊的同伴得以被发现，通常也都纯属偶然。例如，市场上卖鱼妇人用来包裹鲱鱼的纸上写满文字，就会有人读出某种定理，或者诗篇，一旦付印就会激起一阵热潮，但随后一切将恢复原有的轨迹。这种状况不应一直持续下去。这涉及的是文明难以弥补的损失。应该创立一个"一流天才保护协会"，从中产生一个搜寻小组，负责实施计划中的搜寻任务。荷马·奥德修已经起草了协会的完整章程，还有寻找灵魂金羊毛的计划。他将这些材料分发给众多科学协会和慈善基金会，请求提供资助。

当这些努力毫无结果时，奥德修自费出版了一个小册子，并把第一份签过名的小册子寄给了洛克菲勒基金会科学委员会的E.G.哈金森教授。哈金森教授没有回音，因此对整个人类负有罪责。他表现愚钝，也就是说没有资格胜任他所承担的职位。为此他必须受到惩罚，而奥德修就这样做了。

奥德修在服刑期间收到了第一批捐款。他开了一个名为"寻觅灵魂的金羊毛"的账户，出狱时，已经有一笔可观的基金，达到26528美元，使他可以开始组织活动了。奥德修在报刊上发布广告，从中遴选志愿者，在爱好者和支持者的第一次会议上，他向大家发表演说，并且发放了新的含有搜寻指南的小册子。要知道，大家必须了解，他们应该去哪儿，以何种方式，寻找什么。这场搜寻将具有理想主义色彩，因为——奥德修并不讳言——经费不多，而困难不小。

"灵魂随处显现"①，因此，即便是最顶级的天才，也可能出生于世界角落、微小部族。天才不会自己直接现身于世人面前，自己走到大街上，去抓住路人的长袍或纽扣。天才需要通过伯乐发挥作用。伯乐应该能辨识天才、尊重天才并发展他的思想，仿佛要唤醒这位同胞，让他成为钟锤，为人类敲响新时代的开端。

像通常的情况一样，该发生的却未发生。总体来说专家们自认为学识渊博，足以教化他人，不愿再求教于人。只有当专家云集时，通常在数量较大时，才能碰到两三个思维缜密之人。因此在小国家里，天才要获得回应就仿佛泥牛入海。而在大国，天才得到认识的机会就大得多。正因如此，探索之旅的目的地设定为那些较小的种族和全球那些籍籍无名的偏远城镇。在那里，也许能找到未被识别的二等天才。南斯拉夫博斯科维奇的案例就很典型：他受到了不真实的认可，其几个世纪前的所思所写在当代被注意到，因为现代人开始思考和写作与他类似的东西。奥德修不需要这样的伪发现。

搜寻工作应该包括世界上所有的图书馆，其珍稀版本和手稿收藏部，特别是地下室部分，那里通常堆放着各种压箱底的纸张。然而，也不应对那里有过高奢望。在奥德修悬挂在自己办公

---

① 原文为拉丁文。

室里的地图上，用红圈将精神病院特别标出作为首选。20世纪的疯人院的下水道挖掘现场和茅坑也引起奥德修的关注。还应该挖掘老监狱附近的垃圾场，翻找装垃圾和其他污物的容器，筛选废纸堆，也应该认真检查粪堆，主要是其石化部分，因为人类鄙夷和清扫出躯体的一切都去了那里。奥德修的那些坚强的英雄们就这样出发，去寻找灵魂的金羊毛，他们充满奉献精神，带着尖嘴镐、凿子、撬杠、遮光手电和绳梯，随手还带着地质锤、防毒面具、筛子和放大镜，将在硬化的粪便、坍塌的水井、所有宗教裁判所的古老地牢、被废弃的洞窟里，搜寻远比黄金、钻石更珍贵的珍宝。与此同时，这项世界性工作的协调人是身居总部的荷马·奥德修。所有关于特立独行的傻瓜和另类，关于过度痴迷或顽固不化的怪人，关于固执己见的笨蛋和白痴的谣传与闲聊，都应被看作方向标、看作指南针上抖动的指针，因为人类按照自己与生俱来的能力来对天才做出反应，所以用这些称呼来描述天才。奥德修又搞了几场丑闻，从而收获了5份新的判决，继而收到了另外的16741美元。在坐了两年牢之后，他去了南方，乘船去了马略卡岛，他的总部将设在那里，因为那里气候宜人，而他在多次坐牢之后健康严重受损。他毫不掩饰，很乐意将公共利益与私人利益相结合。况且，既然按照他的理论，一流天才可以出现在任何地方，那么马略卡岛上为什么就不能出现呢？

奥德修的英雄们，都拥有极具传奇色彩的人生，这占据了小说的一大部分。奥德修经历了不止一次的苦涩失望，比如当他得知，三个在地中海地区工作的他最喜爱的搜寻者，竟然是CIA的特工，后者利用他寻找灵魂金羊毛的探险去实现自己的目的。而另一个搜寻者把一份价值难以估量的17世纪文献带回马略卡岛，据说那是埃及法老卫队士兵卡德约克关于生命近似几何结构的研究，但他发现是伪造品。那部著作的作者就是搜寻者本人，由于他没地方发表这部作品，就混入了探险队，以便以这种方式，利用奥德修的资金，给自己的构思扬名。暴跳如雷的奥德修将手稿投入了火堆，赶走了造假者，当他冷静下来之后，开始考虑，自己是否亲手毁掉了一部顶级天才的作品？他受到良心的折磨，于是发出广告召唤那个作者回来——遗憾的是徒劳无功。另外一位搜寻者，叫作汉斯·佐克的，在奥德修不知情的情况下在拍卖会上卖掉了无比珍贵的文献，那是他在黑山的老图书馆里找到的，然后他带着现金潜逃智利，把钱挥霍在了赌场上。但还是有很多非同寻常的作品，普遍被认为已经遗失的奇珍、手稿，甚至世界学术界所未知的著作落到奥德修手中。例如，从马德里的历史档案馆里找到一份羊皮纸手稿的最开始的18页，手稿创作于16世纪中叶，基于"三性算数"系统，推测了80位著名科学家的生辰，而文中所包含的日期确实与牛顿、哈维、达尔文、华莱士等人的生辰相符，甚至精确到月！化学分析和专家评估都证实了这部作品的真实性，但那位无名作者所应用的数学工具早已失传了。大家只知道，他的出发点是接受与理智相背离的人类有"三性"的前提。奥德修稍感欣慰的是，在纽约拍卖会上卖掉这部手稿，对他的探险预算大有裨益。

历经7年的艰辛，马略卡岛上的总部档案里堆满了各种千奇百怪的手稿。其中有来自维奥蒂亚州的某位米拉尔·埃索斯的巨著，其独到的见解令达·芬奇黯然失色，他留下了用脊椎动物青蛙的脊髓推导逻辑系统的方案；早在莱布尼茨之前，他就提出了单子的概念和前定和谐论；他把三价逻辑应用于某些物理现象；他断言，生物繁殖出跟自己相似的生命体，是因为其精液中有微观字母写就的信息，而根据这种"信息"的组合，就可以得出成熟个体的外貌。而所有这一切，都诞生于15世纪。那里有基于理性推断的否定神正论的形式逻辑证明，因为所有神正论的前提都必须是逻辑矛盾：这部著作的作者被称为加泰罗尼亚的鲍乌伯，先被砍去了四肢，拽掉了舌头，再被融化的铅水用漏斗灌进内脏，最后被火刑处死了。"反方的论证十分有力，尽管是在不同的层面，因为是非逻辑的。"找到了这份手稿的年轻哲学博士这样认为。索弗斯·布里森纳德基于"二零算数"公理的著作，证明了纯超限多数理论的非矛盾结构的可能性，获得了学术界的认可，然而这部作品也有部分与数学家们当前的工作存在重合。

奥德修看到，迄今为止，只有先驱者获得认可，即那些思想被后人重新发现的人，换言之，只有二等天才获得认可。那么，头等天才付出艰辛的痕迹何在呢？奥德修的头脑里从没有过怀疑——只是担心死亡会遽然降临（他即将迈入老年），使他无法继续搜寻事业。佛罗伦萨手稿丑闻终于降临。这卷来自18世纪中叶的羊皮纸卷，被发现于佛罗伦萨大图书馆的某分部，起初，由于里边记满了秘密符号，它看似是一本毫无价值的炼金术作品——还是复制品。但某些表述提醒发现者——那是一位年轻的数学专业大学生——当时的人们肯定还不懂得函数序列。作品被呈交给专家后，激起了完全对立的观点。没人能完全看得懂，一些人认为那都是些胡言乱语，偶尔插入些清晰的逻辑，而另一些人认为那是心理病态的产物；两位最杰出的数学家得到了奥德修寄来的手稿影印件，他们的观点也无法达成一致。只有其中一位，费了很大劲才在第三部分里解读了那些潦草的字迹，靠字迹的猜测填补空白，然后写信给奥德修说，他觉得，那确实是关于一个非同寻常的概念，但也是毫无价值的。"因为为了接受这个想法的长处，我们不得不将现有数学体系的四分之三废除，然后重新建立起来。这纯粹是让我们在已经建立的数学体系之外另建一套数学的提议。那一套数学体系是否更好，我说不清。也许是的，但要弄清楚这一点，需要一百位最优秀的人奉献一生，他们对这位无名的佛罗伦萨人，就像鲍耶、黎曼、罗巴切夫斯基之于欧几里得。"

读到此处，信从荷马·奥德修手里掉落，他喊着"找到了！"，开始满屋乱跑。房间的玻璃窗面向湛蓝色的海湾。在那个瞬间，奥德修意识到，不是人类永远失去了顶级天才，而是天才们失去了人类大众，因为他们远离了人类。并非那些天才根本不存在，而是年复一年，他们越来越不存在。被认知的二等思想家的作品总是可以得以保留。只要掸掉它们的尘土，然后交给印刷厂和大学即可。然而一等天才的作品却无法挽回，因为它们特立独行——在历史潮流之外。

人类的集体努力在历史时间里开辟出一道壕沟。所谓天才，是将努力施加于壕沟边界、壕沟边缘的人，他向自己的同代人、下一代提议对运动做出某种改变，沟底采用不同的弧度，改变斜坡的倾斜度，加深底部。顶级天才并不这样参加精神劳动。他既不站在前列，也不会奋力向前迈步。实际上他凭借思想，置身于他处。

如果他提出其他的数学形式，或者其他形式的系统分类学，不管是哲学的还是自然科学的，所涉及的都是与现存的截然不同的立场——根本不同！如果没有被一代人或再下一代所关注和倾听——那么之后人们会发现，那些观点已经变得完全不可能实现了。因为在此期间，人类的艰苦奋斗和思想的长河已经开辟了自己的河道，奔向自己的方向，所以在人类的方向和孤独的天才发明之间的分歧，伴随每一个世纪的流逝，都会不断加大。那些未被认可、未被倾听的建议原本可以改变艺术、科学乃至整个世界历史的进程，但既然事情并没有这样发生，那么人类就不只错过了某个独特的个体及其精神行囊，而是错过了自己另一番模样的历史，对此任何人都无能为力。顶级天才——意味着错过的道路，现在已毫无生机、荒草丛生，这是非凡好运带来的彩票大奖，但玩家没有现身，没有认领奖金，以致他们的财富随风吹散，化为乌有——被浪费的机会。较低层次的天才不脱离共同的河流，他们留在潮流之中，改变运动法则，但不跨出共同的边界——完全、彻底地不超越边界，因此他们得到敬仰。而那些顶级天才，因为过于伟大，所以永远不会被看到。

奥德修被这一奇妙现象深深打动了，他立刻坐下来写一本新的小册子，其精华部分上面已经揭示，其透彻明了丝毫不逊于"搜寻"的理想。这场"搜寻"在13年零8天之后到达了尽头。这并非徒劳无功，因为伊塔卡（马萨诸塞州）的一位平凡居民，与一小群热情支持者深入了历史的深处，只得出一个结论，即唯一一位在世的头等天才是荷马·M.奥德修：因为历史上最伟大的人物,只有同样伟大的人才能分辨出来。

我推荐那些没有认识到,人类若无性别之分就不会有文学的人,去看一看库诺·姆拉捷的书。然而关于该书是作者在讥讽,还是在询问道路的问题,每位读者就只能自己去寻找答案了。

雷蒙德·修拉
《你》

（德诺埃尔出版社）

小说正在退向作者，也就是说小说正在从唯一的虚构现实的位置转变到这一虚构产生的位置。这样的情况至少正发生在欧洲散文界的先锋之中。虚构已经让作家们感到厌倦，甚至恶心，因为他们已经对其必要性失去了信心，变成一群摒弃自己信仰的无神论者。他们已经不再相信，当自己说出"要有光"的时候，真正的光亮就会给读者带来光彩炫目的感觉。然而他们正是这样说的，他们能够这样说，就一定不再是虚构了。描述自身创作的小说只是倒退的第一步。现在人们已经不再创作表现其产生过程的作品，具体的创作流程也已让人无法施展拳脚！人们正在创作能够写出来的东西……从头脑里翻腾着的无限可能中提炼出零星要义。在这些永远不会成为常见文本的片段中漫步，正是当前的一道防线。恐怕这并不是最后一道防线，因为文人中间萌生着一种感觉，好像接连发生的倒退已经结束，好像它们把文人引上了不断回归的道路，到达一个隐藏着神秘的全部创造力的"绝对胚胎"守护的地方，人们无法写出的无数作品都能从这一胚胎孵化而来。但是，人们对这胚胎的想象只是一种幻觉，因为没有创世就没有《创世记》，没有创作纯文学作品便不存在文学创作。"第一因"让人难以企及，甚至可能并不存在：朝他退去便是堕入"无限回溯"的谬误之中——还可以写一本书来介绍有人是如何尝试写一本书，这本书再去讲述有人是如何渴望写下一本书的，如此循环往复。

雷蒙德·修拉的《你》试图从另一个方向打破僵局，不是再次尝试倒退，而是向前进发。此前，作者一直是向读者诉说，而不是为了诉说读者——这正是修拉打算做的事情。讲述读者的小说？是的，讲述读者的故事，可这就不再是小说了。向受众说话意味着为他讲述些什么，说什么都行，就算不讲述什么话（反小说！），也总是为他讲述的。因此也同时是在为他服务。修拉认为这种千百年无休止的服务已经够多了：他决定造反。

毋庸多言，这是一个雄心勃勃的想法。反对"歌唱者—听者"和"叙事者—读者"关系的造反作品？是解放？还是挑战？可又是以什么名义？一望便知这是无稽之谈：作家啊，你不愿通过讲述来服务，就必须沉默，而与此同时你也不再是作家了，除此之外别无他法，那么雷蒙德·修拉的作品又是何等异想天开、化圆为方呢？

在我看来，修拉在萨德那里看到自己的想法得到了进一步的阐述。萨德首先创造了一个封闭的世界——一个城堡、宫殿和修道院的世界，以便之后将身陷其中的人群分为刽子手和受害者，通过折磨消灭受害者，施刑者感到乐趣，但后者很快就只剩下自己，为了继续下去，他们必须开始自相残杀，一切步入尾声时，残杀带来了最活跃的刽子手的密闭式孤独，他吞噬了所有人，然后泄露自己的身份，他不但是作者的代言人，而且是作者本身，是被囚禁在巴士底狱的唐纳蒂安·阿尔丰斯·德·萨德侯爵。只有他一个人留了下来，因为只有他不是虚构产物。除了作者之外，相对于作品肯定总有一个非虚构的人：读者。修拉在某种程度上扭转了这一局面，他让这位读者成了自己的主人公。但并不是读者自己在说话，所有这种演讲都只是一场卑劣的骗局。是作者在谈论读者——拒绝服务。

我们讨论的是作为一种精神卖淫的文学，只是因为创作文学就必须为他人服务。必须逢迎取悦，搔首弄姿，向读者敞开心扉，将读者视为知己，把最好的一面奉献给他，争取得到垂青，引起注意——简言之，应该阿谀奉承，溜须拍马，趋炎附势，出卖自己——令人作呕！当出版商成为老鸨、文人成为妓女、读者成为文化妓院的嫖客时，一旦人们意识到这种局面，就会引起道德上的消化不良。可作家不敢直截了当拒绝服务，于是便开始回避——提供服务，却又自命不凡。他们不再哗众取宠，反而变得异常无趣；他们不再展示美丽的事物，反而恶意刁难读者。这就好像造反的厨师故意弄脏即将摆上主人餐桌的菜肴，先生和太太要是吃不惯，大可不吃！就像是想要浪子回头却又有心无力的马路天使，不再和客人媚笑搭讪，也不再梳妆打扮。可那又怎样？她还是站在街角，随时准备让客人带走，即使她行事暴躁，神色阴郁，尖酸刻薄。这不是真正的反抗，是虚假的、不彻底的造反，谎话连篇，自欺欺人，谁知道这是否比正常的实实在在的卖淫更糟，因为至少后者没有任何虚伪的成分，不会惺惺作态，故作清高，假仁假义。

所以呢？应该拒绝服务。潜在客户把书翻开时，像是推开窑子的门，然后大摇大摆地走进去，确信自己在这里会受到卑躬屈膝的接待，这个混蛋，必须把这烂货臭骂一顿，骂得狗血淋头，然后把他——顺着台阶扔下去？不不不，这可就太便宜他了、太轻松了、太简单了。他会站起来，揩干脸上的唾沫，拍掉帽子上的灰，接着走到竞争对手那儿去。应该把他拉进来，然后适当地挑逗他。只有这样，他才能记起自己之前和文学的风流往事，和一本又一本书出轨①。所以雷蒙德·修拉在《你》的前几页中写道："去死吧，混蛋！"②"去死吧，混蛋，但别死得太早，你必须多保留些力量，因为你还要受不少罪呢。""你要为傲慢自大的滥交行为付出代价。"

创作这本书的想法本身很有趣，它甚至有可能成为一部奇书，可雷蒙德·修拉没有把它写出来。他没有将一个叛逆的概念变成经过考验的艺术创造；他的书没有结构；作品的杰出之处就是污言秽语，可惜现在看来也还是不堪入目。当然，我们并不否认作者在言语上的发明创造，它的巴洛克风格在多处地方都显得巧妙（"啊，你这个满脑荒淫的色鬼，哦，你这个满口蛀牙的贱人，哼，你这个腐朽不堪的烂货，你会因为尝到车轮碾压的滋味而不堪折磨。你要是把这当成打闹说笑，就给我等着，看我怎么收拾你！不舒服？当然。可这是必需的。"）。因此，这里预示着我们将要遭受折磨——书中描绘出的折磨；这开始让人起疑心了。

米歇尔·莱里斯在《论作为斗牛术的文学》中准确地强调了文学创作应该克服阻力的重要性，这样才能让作品有分量。因

---

① 原文为德文，Seitensprung。
② 原文为法文，"crève, canaille!"。

此，莱里斯在他的传记中赌上了自毁名誉的风险。但谩骂读者并不是什么真正的风险，因为谩骂的契约性是不可抗的。在宣布自己将不再服务，并且已经不再服务时，修拉的行为让我们感到好笑——所以他是在用拒绝服务来服务别人……他刚迈出第一步，就立刻卡在了那里。难道他给自己提出的任务是无法完成的？还能在这儿做什么呢？戏耍读者，用叙述把读者引入歧途？之前已经有人这样做过千百遍了。此外，最为简单且百试不爽的方法就是承认这行文扭捏、错漏百出的文字不是有意为之，不是背信弃义使然，而是无能所致。一本有效的谩骂书籍作为真正的侮辱，作为这种行为本身所带风险的凌辱，只能写给一个具体的接收者，但这又该变成信件了。修拉试图侮辱我们所有人，侮辱我们这些扮演着文学接受者角色的读者，却没有触碰到任何人，仅仅表演了一系列语言杂技，连这些东西也很快变得索然无味。当我们想要描写所有人或是写给所有人的时候，就等于没有描写任何人，没有写给任何人。修拉输了，因为作家反抗文学服务起义的唯一真正一致的形式就是沉默；其他任何形式的反抗都只是沐猴而冠罢了。雷蒙德·修拉先生将来一定会再写一本书，并凭借其推翻第一本书——除非他到各家书店门口扇自己读者的耳光。倘若发生了这样的事情，我会尊重这一行为的后果，但也只是对人的行为表示尊重，因为什么都拯救不了《你》这个哑炮。

阿里斯达尔·维恩怀特
《生命股份有限公司》

（美国图书馆）

人们雇用仆人时，仆人的工资中除了工作报酬之外，还包含仆人对主人的尊敬。人们聘请律师时，除了得到专业建议之外，还能得到安全感。收买爱情而非追求爱情的人也期待得到温柔和感情。机票的费用中早已算入俊俏空姐的笑容和她们所表现出的友善。人们愿意花钱购买"私密接触"，那是一种亲密的关怀，友好的体验，是为生活的各个方面提供的服务的重要组成部分。

但这种生活本身并不能归结为与仆人、律师、酒店员工、公司雇员、航空公司职员、商店店员的接触。恰恰相反，我们最重视的那些接触和关系反而处于付费服务范围之外。我们可以在网上预订婚姻中介,却不能随心所欲地预订妻子或丈夫在婚后的行为举止。只要有钱,我们就可以购买游艇、宫殿、岛屿,却不可能购得一些人们渴望发生在自己身上的事情:展现英雄气概或者超群智慧,挽救美人脱险,赢得比赛或者接受嘉奖。我们也无法买到别人的青睐、发自内心的喜爱或是无私的奉献。无数故事都证明,正是对这种无私情怀的眷恋折磨着强大的统治者和富人。在这类童话故事中,能够买下一切或有办法强迫他人做一切事情的人,放弃自己的特殊地位,把自己伪装起来——像哈伦·拉希德扮成乞丐一样,寻找人世间的真,因为特权被一堵无法逾越的墙隔在了它的另一边。

因此,尚未转化为商品的领域才是日常生活的本质,包括亲密的和官方的、私人的和公共的——这让每个人都不断体会小小的失败、嘲笑、失望、敌意,受到蔑视却无法回敬,同时还体会着造化弄人。简言之,就个人命运而言,这种无法忍受的事态,已经达到亟待改变的程度,而庞大的生命服务产业将带来这样的改善。一个能够通过广告宣传购买总统的职位、一群身上画着花朵的白象、成群结队的美女、充满荷尔蒙气息的青春的社会,应该能用适当的方法来统筹人类的状况。但是反对意见立刻就会出现——这样买来的生命形式是虚假的,很容易在与周围事件真实性的对比之下露出马脚,这种反对意见是由没有丝毫想象力的幼稚导致的。当所有孩子的受孕都是通过试管授精进行，任何性行为都不会产生过去自然受孕的结果时，一切肌肤之亲除了带来愉悦之外别无他用，那么两性的正常行为和失常行为之间也不再具有任何区别。当每个生命都处于强大的服务企业严密控制之下时，真实的事件和暗中安排的事件之间的区别便不复存在。当我们无法知道什么是纯粹的巧合，什么是预先购买的巧合时，冒险、成败是自然的还是合成的区别也不复存在。

这就是A.维恩怀特的小说《生命股份有限公司》中心思想的梗概。远程经营是这家企业的运作原则：其总部不能被任何人知晓，顾客只能通过信件或是电话与生命股份有限公司联系。他们的订单由一台巨大的电脑接收，订单的执行取决于账户余额，也就是应付款金额。背叛、友谊、爱情、报复、个人的幸福和他人的不幸也可以借助便利的信用体系，以分期付款的方式购买。孩子的命运由家长决定，但是一到成年那天每个人都会收到邮寄来的一份价目表、一份服务目录以及一本公司宣传册。这本宣传册的语言通俗易懂却又内容深刻，它是一篇关于世界观和社会技术的论文，而不是普通的广告印刷品。它用清晰、庄重的语言提出的内容，可以用不甚庄重的方式总结如下：

每个人都追求幸福，但是方法各不相同。对一些人来说，幸福是出人头地，是独立自主，是挑战不断、危险丛生、豪赌正酣的状态。对另一些人来说,幸福是服从命令、信仰权威,是没有任何威胁、风平浪静甚至慵懒度日。前者喜欢表现出侵略性;后者常常在感受到侵略性时表现出友善。很多人正是在焦虑不安的状态中找到满足感,这一点从他们平日里总是庸人自扰就可见一斑。研究表明,社会中积极的人和消极的人的数量通常是相同的。宣传册里写道:"旧社会的不幸在于其无法在公民的天生倾向和后天生活道路之间创造出和谐的状态。"机缘巧合决定了谁赢谁输、谁是佩特罗尼乌斯、谁是普罗米修斯。十分值得怀疑的是,普罗米修斯怎么会没料到一只秃鹰会啄食他的肝脏。根据最新的心理学研究,他很可能只是为了被啄食肝脏,才从天上偷来了火。他是个受虐狂,受虐癖就像眼睛的颜色一样,是一种自然特征,没有必要为之感到羞耻,应该适当地对其加以利用,使之造福社会。文章教导我们:"过去,盲目的命运决定了谁会富足幸福、谁会穷困潦倒;人们过着不幸的生活,因为喜欢打人的人挨了打,渴望挨揍的人为环境所困必须殴打他人,而两者都是一样的痛苦。"

生命股份有限公司的运作原则并不是凭空出现的:婚介电脑在保媒拉纤时,早已使用类似的规则。生命股份有限公司保证按照客户在附表中表达的意愿,将每一位客户从成年到死亡的生活安排妥当。公司将最新的控制论、社会工程和信息方法应用于工作中。生命股份有限公司不会立即满足客户的愿望，因为人们往往不了解自己的天性，不知道什么对自己好、什么对自己不好。每位新客户都要接受公司的远程心理技术检查，超高速计算机组绘制出客户的个性特征和所有自然倾向。只有做完这种诊断后，公司才会接受订单。

人们不该为订单的内容感到羞愧：它永远都是公司机密。人们也不必害怕订单在其执行过程中对他人造成伤害——公司有电脑来避免这样的事情发生。史密斯先生希望成为一名判决死刑的严厉法官，因此站在他面前接受审判的，只有那些理应被处以极刑的人。琼斯先生想要鞭打自己的孩子，剥夺他们的一切乐趣，还要坚信自己是一个正义的父亲吗？这样一来他的孩子将会残忍而邪恶，他要花上半辈子的时间来管教他们。公司满足一切愿望：只是有时需要排队等候，例如想要亲手杀人时就要排队，因为这种爱好者的数量出奇地多。在不同州处死死刑犯的方法不尽相同：一些州使用绞刑，另一些州使用氰化氢毒刑，还有一些州则使用电刑。渴望绞刑的人会去那些把绞刑架作为执行死刑的合法工具的州，他们一转眼就临时成了刽子手。让客户能够在荒无人烟的地方、草地上、在家中秘密地谋杀第三方而不受惩罚的项目尚未获得法律批准，但公司仍在耐心地推动这一创新。千百万个案例已经证明公司在安排意外方面的专业程度，足以克服执行谋杀订单的阻碍。犯人一旦发现牢房的门开着就会逃跑，而公司员工在监视的过程中会规划其逃生路线，使其在最适合双方的条件下遇到客户。例如，在客户正好装填完猎枪时，他正试图躲进客户的房子里。公司编写的目录中有无穷无尽的可能性。

生命股份有限公司是历史上绝无仅有的组织。这一点对它来说至关重要。婚介电脑只是把两个人撮合到一起，然后就不管他们婚后怎样了。而生命股份有限公司则必须协调一系列事件，把成千上万人涵盖其中。公司保留其正确操作方法未在手册中列出的权利。案例纯属虚构！安排事件的策略必须是绝对机密，客户永远不会知道哪些事情是自然发生的，哪些事情是通过暗中监视他人命运的公司电脑操作的。

生命股份有限公司拥有一支员工大军，员工们平时表现得和普通公民一样——司机、屠夫、医生、技工、家庭主妇、婴儿、狗和金丝雀。员工必须隐姓埋名。任何暴露身份、表明自己是生命股份有限公司团队成员的员工，不但会失去工作，还会被公司追究至死：公司了解他的喜好，因此可以安排他的生活，让他为犯下可耻之事的那一刻懊悔不已。员工不得为泄露公司机密的惩罚上诉，因为公司并未宣称上述内容是一种威胁。公司将处理不良员工的真实方法纳入其生产机密。

小说中所展现的现实与生命股份有限公司广告宣传册中描绘

作中。生命股份有限公司不会立即满足客户的愿望，因为人们往往不了解自己的天性，不知道什么对自己好、什么对自己不好。每位新客户都要接受公司的远程心理技术检查，超高速计算机组绘制出客户的个性特征和所有自然倾向。只有做完这种诊断后，公司才会接受订单。

人们不该为订单的内容感到羞愧：它永远都是公司机密。人们也不必害怕订单在其执行过程中对他人造成伤害——公司有电脑来避免这样的事情发生。史密斯先生希望成为一名判决死刑的严厉法官，因此站在他面前接受审判的，只有那些理应被处以极刑的人。琼斯先生想要鞭打自己的孩子，剥夺他们的一切乐趣，还要坚信自己是一个正义的父亲吗？这样一来他的孩子将会残忍而邪恶，他要花上半辈子的时间来管教他们。公司满足一切愿望：只是有时需要排队等候，例如想要亲手杀人时就要排队，因为这种爱好者的数量出奇地多。在不同州处死死刑犯的方法不尽相同：一些州使用绞刑，另一些州使用氰化氢毒刑，还有一些州则使用电刑。渴望绞刑的人会去那些把绞刑架作为执行死刑的合法工具的州，他们一转眼就临时成了刽子手。让客户能够在荒无人烟的地方、草地上、在家中秘密地谋杀第三方而不受惩罚的项目尚未获得法律批准，但公司仍在耐心地推动这一创新。千百万个案例已经证明公司在安排意外方面的专业程度，足以克服执行谋杀订单的阻碍。犯人一旦发现牢房的门开着就会逃跑,而公司员工在监视的过程中会规划其逃生路线,使其在最适合双方的条件下遇到客户。例如,在客户正好装填完猎枪时,他正试图躲进客户的房子里。公司编写的目录中有无穷无尽的可能性。

生命股份有限公司是历史上绝无仅有的组织。这一点对它来说至关重要。婚介电脑只是把两个人撮合到一起,然后就不管他们婚后怎样了。而生命股份有限公司则必须协调一系列事件,把成千上万人涵盖其中。公司保留其正确操作方法未在手册中列出的权利。案例纯属虚构!安排事件的策略必须是绝对机密,客户永远不会知道哪些事情是自然发生的,哪些事情是通过暗中监视他人命运的公司电脑操作的。

生命股份有限公司拥有一支员工大军,员工们平时表现得和普通公民一样——司机、屠夫、医生、技工、家庭主妇、婴儿、狗和金丝雀。员工必须隐姓埋名。任何暴露身份、表明自己是生命股份有限公司团队成员的员工,不但会失去工作,还会被公司追究至死:公司了解他的喜好,因此可以安排他的生活,让他为犯下可耻之事的那一刻懊悔不已。员工不得为泄露公司机密的惩罚上诉,因为公司并未宣称上述内容是一种威胁。公司将处理不良员工的真实方法纳入其生产机密。

小说中所展现的现实与生命股份有限公司广告宣传册中描绘

的有所不同。广告有所保留，避重就轻。根据美国的《反垄断法》，任何公司不得在美国境内垄断市场，因此生命股份有限公司并不是唯一一家提供命运安排服务的公司。市场上还有它的强大竞争对手，如"享乐人生"或"真实生活股份有限公司"。而正是这种情况导致历史上从未发生过的现象出现了：当各个公司的客户们相遇时，每个客户的订单在执行过程中都会出现不可预见的困难。这些困难表现为所谓的秘密寄生，这会进一步引发伪装的升级。

假设史密斯先生喜欢他朋友的妻子布朗夫人，想在她面前表现一番，就选择了价目表中的"396b"项目——在铁路事故中挽救生命。他们两人都能够毫发无伤地脱离险境，但布朗夫人脱险要归功于史密斯的英勇行为。公司必须准确地安排一次铁路事故，同时安排相关人员因为一系列表面上的巧合坐进同一个车厢；安装在列车车厢的墙壁、地板和座椅靠背里的传感器为计算机提供数据，计算机则隐藏在厕所中对行动进行编程，确保事故完全按计划发生。事故必须保证史密斯不能不救布朗夫人的命。为了不让他知道自己在做什么，翻倒的车厢侧面会刚好在布朗夫人坐着的地方裂开，车厢里会充满令人窒息的烟雾，为了逃出车厢，史密斯必须先把女人从裂口推到外面。这样他就会把她救下，免于窒息而死。这个任务不算太难。几十年前，需要大量计算机和一队专家才能让登月飞船降落在距离目标几米远的地方；现在，一台计算机就可以通过一组传感器跟踪监控行动，轻松解决设定的任务。

不过，要是"享乐人生"或者"真实生活股份有限公司"接受了布朗夫人丈夫的订单，要求史密斯表现得像一个混蛋懦夫，事情就会变得无法预料。"真实生活"通过行业间谍得知"生命"策划的铁路事故，最省钱的事情莫过于加入别人安排的计划中：秘密寄生的核心就在于此。"真实生活"在灾难发生时加入一个微小的变数，就足以让史密斯在把布朗夫人推出裂口时将她擦伤，撕破她的裙子，并摔断她的双腿。

如果生命股份有限公司通过自己的反情报部门得知这个寄生计划，就会采取相应的对策：就此展开升级行动。倾覆的车厢中一定会发生两台电脑的决斗——厕所里的"生命"电脑和有可能藏在车厢地板下面的"真实生活"电脑。在一个作为潜在受害者的女人和她的潜在拯救者背后，站着两个电子设备和组织组成的庞然大物。事故发生时，一场电脑大战瞬间爆发。我们很难想象，一方为了让史密斯英勇无畏地救出女人，另一方为了让史密斯惊慌胆怯地推伤女人，要投入多么巨大的力量。随着越来越多的精力投入其中，原本要在女人面前表现一点儿男子气概的行为，却可能变成一场灾难。九年间，公司档案中共记录了两起这样的灾难，它们被称为"安升"（安排升级）。第二起灾难让涉事各方在37秒内耗费了价值1900万美元的电能、蒸汽能和水能，在最终达成和解时，各方为该安排服务设定了上限。每客户每分钟内消耗的能量不得超过1012焦耳；提供服务的过程中也不得使用各种类型的原子能。

小说的主要情节就是在这种背景下发生的。生命股份有限公司的新总裁，年轻的爱德·哈默尔三世要亲自调查嘉萨敏·切斯特夫人的订单。她是一个古怪的百万富婆，因为她非同寻常的要求并不在价目表中，超出了公司各行政层级的能力范围。嘉萨敏·切斯特渴望一种充满真实、排除一切安排的干扰的生活。为了实现这一愿望，她已经准备好付出任何代价。爱德·哈默尔不顾顾问们的反对意见，接受了订单。摆在员工面前的任务就是：如何安排一个没有任何安排的订单。事实证明这比迄今为止完成过的所有订单都要困难。研究表明，生命的自发性这种东西早已不复存在。消除任何安排的准备工作都会揭出更深层的东西——更早以前其他安排的残留影响。即使在生命股份有限公司内部，也没有未经导演的事件。原来，三家相互竞争的公司已经彻头彻尾地把彼此安排了一番，他们把自己的亲信安插在竞争对手的管理层和董事会的关键职位上。哈默尔在发现这件事之后感受到了威胁，于是找到其他两家企业的总裁，召开了一次秘密会议，会议顾问由拥有核心计算机使用权限的专家担任。此次会面终于使形势得以稳定。

2041年,未经高级电子规划,在美国全境内没有人可以再吃鸡肉、谈恋爱、叹气、喝威士忌、不喝啤酒、点头、眨眼、吐痰,因为它已经在多年前预先制造了这一不和谐状态。三家体量达到数十亿美元的企业在商战中,不知不觉地创造了"三位一体""全能命运安排者"。电脑程序成为《命运之书》;政党被安排,气象被安排,甚至爱德·哈默尔三世的诞生本身也是某些订单的结果,而这些订单又是其他订单的结果。再也没有人能够自然地出生或死去,同时再也没有人能够完全亲力亲为地经历任何事情,因为他的每一个想法,每一次恐惧、困难、痛苦……都是电脑代数运算的一个环节罢了。错误、惩罚、道德责任、善恶的概念已经变得空洞,因为全套的生活安排把场外交易价值排除在外。万无一失的系统将一切人类的特性整合起来并充分利用,建立起一个计算机化的天堂,然而这个天堂里只缺少一样东西——让它的居民知道现实就是如此。于是,三位总裁的会议本身也是由核心计算机策划好的,核心计算机把这一信息传达给他们,并介绍自己是一棵电气化"知识树"。现在会发生什么呢?被完美安排过的生命是否应该为了"重新开始一切",再次逃离伊甸园?抑或是接受它,一劳永逸地放弃责任的重担?本书没有回答这个问题。因此,这是一篇形而上学的奇文,它的奇幻与现实世界有着某种联系。当我们抛开作者想象中幽默的胡扯和象皮病时,思维操纵的问题却依然存在,这种操纵与充分的自在自发并不冲突。事情绝不会以生命股份有限公司所展示的形式实现,但不知道命运是否会将这一现象以另一种形式呈现给我们的子孙后代——或许描述中不会说得那么有趣,可谁又知道会不会没那么让人坐立难安呢。

威廉·克洛佩
《文化是错误》

（大学出版社）

无薪讲师W.克洛佩的《文化是错误》作为一个原创性的人类学假说，无疑是一部值得注意的作品。然而在开始讨论之前，我不禁想先谈一谈本书的形式。只有德国人才能写出这本书！对井然有序的分类的热爱催生了无数本手册，将德国人的灵魂变成了一个活页夹。看着这本书的目录中闪烁着无与伦比的秩序，我们不禁想道：如果上帝是德国籍，世界可能未必会变成一个更适合生活的地方，但肯定会实现更高的纪律和秩序观念。这种秩序的完美是压倒性的，尽管它没有提出任何实质性的反对意见。我无法在此讨论这种对集合列队、对称和向右对齐的纯粹形式上的偏爱，是否对德国哲学的某些典型内容——尤其是其本体论——也产生了重大影响。黑格尔热爱宇宙就像热爱普鲁士一样，因为普鲁士有秩序！甚至连那位热衷研究美学的思想家叔本华也在他的论文《论充足理由律的四重根》中展示了操练说明文的样子。那费希特呢？我必须放弃语无伦次带来的乐趣，虽然这让不是德国人的我感到无比为难。说重点，说重点！

克洛佩在本著作的两卷中都附上了前言、序言和引言（理想形式：三合一！）。他首先开宗明义，将那种把文化理解为错误的观点视为谬误。这种观点具有典型的盎格鲁-撒克逊学派特征，该学派的主要代表有威斯尔和萨德伯坦，根据这一错误（作者语）观点，有机体的任何行为方式只要既不妨碍也不利于其自身生存，就是错误。在进化过程中，能否存活下来是行为是否有意义的唯一评判标准。按照这一标准，一只行为方式更利于自身生存的动物，就比那些正在灭绝的动物更有意义。没有牙齿的草食动物从进化的角度上说是没有意义的，因为它们刚一出生，就注定要饿死。同理，有牙齿的草食动物不去吃草，却啃起了石头，那么它们从进化的角度上说也是没有意义的，因为它们也注定会消失。克洛佩接下来引用了威斯尔的一个著名例子。英国作者提出，假设一群狒狒中有一只老年狒狒是这群狒狒的首领，在吃鸟的时候纯粹出于偶然从左侧下口。那么我们再假设它右手的一只手指受伤,当它要把鸟送到嘴边时,将猎物的左侧朝上更为方便。年轻的狒狒们看到首领这样做,把它的行为奉为圭臬,纷纷效仿。不久后,也就是到了下一代时,这群狒狒中的每个成员在捉到鸟以后都会从左侧下口。从适应的角度来看,这一行为是没有意义的,因为对狒狒来说,从任意一侧食用猎物都同样有利;然而,这种行为模式已经在这个群体中根深蒂固。这是什么?这是文化(初始文化)作为适应性无意义行为的开始。众所周知,威斯尔的这一概念不是由人类学家,而是由英国逻辑分析学派的哲学家约书华·萨德伯坦发扬光大的。在质疑他的观点前,我们的作者在下一章中对其进行了总结(《约书华·萨德伯坦文化错误理论的缺陷》)。

萨德伯坦在自己的大作中宣称,人类集体是因为错误、纰漏、失败、过失、谬误和误解才创造了文化。当人们想做一件事时,实际上是在做另一件事;渴望领悟现象的机制时,却又误解了它;追寻真理却得到了谬误,风俗、习惯、信仰、圣礼、奥秘、神力就是这样产生的,命令和禁令、图腾和禁忌也是这样产生的。人们对周围的世界做出谬误的分类——图腾崇拜就应运而生;人们进行谬误的归纳,先是提出了神力的概念,然后就是绝对的概念;人们对自己的身体结构产生错误的想象,于是出现了道德和罪恶的概念;如果生殖器像是蝴蝶,而受孕像是唱歌(遗传信息的传递工具就是空气的特定振动），那么这两种概念将会和现在截然不同。人们创造了三位一体，于是神的概念就出现了；人们互相抄袭，于是神话开始相互交织折中——拥有自己教义的宗教出现了。简言之，行为随意，不恰如其分，适应上的不完美，错误理解他人的行为、自己的身体、自然中的物体，把偶然当作注定，把注定当成偶然，也就是臆想出越来越多的虚构的生命，人们用文化为自己建起围墙，根据文化的设定扭曲了世界的图景，几千年后又发现，他们在这监狱里并不十分自在。开始总是无辜的，甚至表面上是无关紧要的，就像那些吃鸟时总是从左侧咬食鸟胸的狒狒一样。可是当意义和价值体系从这样的琐事中出现，当错误、过失、误解累积到足以在整体上形成闭区间（用数学的语言来说）时，人就已经把自己囚禁了起来，囚禁在纯粹偶然的杂乱之中，而在他看来，这是一种更高级的需求。

萨德伯坦作为一个博学之人用大量民族学的事例来证明他的观点。我们还记得，他的那些对比在当时也引起了不小的骚动（尤其是那几个"偶然论 vs 决定论"的表格，他把所有对各类现象的错误的文化解释都在上面做了对比：实际上许多文化都把人类的死亡当作某个意外造成的结果——在他们看来，最初人是不死的，但人因为堕落而亲手剥夺了自己的这个特性，或是某种邪恶力量的干预将这一特性剥夺了。与此相反，偶然的事物——

人在进化中形成的外貌,所有文化都称其为注定的必然,正因此,时至今日各个主流宗教依然宣称,既然人是依照神的样子创造的,那么他在身体样貌上的相似就不是偶然的)。

克洛佩讲师对英国同行的假说提出的批评既不是头一份,也不是独一份。作为一个德国人,克洛佩把批评分成两个部分:内在部分和实证部分。在内在部分他只是否定了萨德伯坦的论点:我们将略过这并不十分重要的部分,因为它们提出的反对意见在专业文献中已是老生常谈。在批评的第二部分,也就是实证部分,威廉·克洛佩终于和盘托出自己的对立假设"文化是错误"。

论述从一个生动的例子开始,我们认为这恰如其分。各种各样的鸟用不同的材料筑巢。更重要的是,生活在不同区域的同一种鸟不会用完全相同的材料筑巢,因为这要取决于它在周围找到什么东西。鸟最容易找到哪种材料,如草叶、树皮、树叶、贝壳、石子,纯属机缘巧合。所以一些鸟巢里会有更多的贝壳,而另一些鸟巢里会有更多的鹅卵石;有的鸟巢可能是用树皮搭建的,而其他的鸟巢则是由羽毛和苔藓搭建的。尽管建筑材料无疑对鸟巢的形成有所影响,但是不能一本正经地说鸟巢是纯粹偶然的产物。鸟巢是适应的工具,虽然它是用随机找来的碎片搭建起来的;文化也是适应的工具。但是——这里是作者的新思想——

它和动植物王国典型的适应截然不同。

"Was ist der Fall？"①克洛佩问，"这是什么情况？"情况是这样的：作为肉体存在的人类里面，没有什么东西是必要的。根据现代生物学知识，人类的构造可以和现在不同；可以活上600岁，而不是平均60岁；可以拥有结构不同的躯干、四肢，有不同的生殖器、另一种消化系统，比如可以完全是植食动物，可以卵生，可以两栖，可以只在每年的发情期里生育一次等。诚然，人类拥有一种特性，这种特性非常必要，没了它人就不再称为人。那就是人类拥有一个能够产生言语和进行思考的大脑。然而，在审视了自己的身体和这个身体带来的命运后，人类心有不甘。人生短暂，而任人摆布的童年又会持续很长时间；一个人最成熟的年龄段只占一生中的一小部分；刚要完全成熟，便已开始老去，但与所有其他生物不同的是，人知道衰老会将自己引向何方。在自然进化的环境中，生命会不断遭受威胁。因此，想要生存下来就必须保持警惕，所以痛觉传感器、感受痛苦的器官就成了促进自我保护机制发展的信号，进化在一切有生命的事物中蓬勃发展。然而，没有任何进化的理由，也没有任何塑造有机体的力量，能平衡这种情况，恰如其分地赋予生命系统对等的感受快

---

① 德文，意为"这是什么情况？"。

乐和享受的器官。

克洛佩说，人人都会承认，饥饿的绞痛、口渴的痛苦、窒息的折磨比正常呼吸、喝水和吃饭带来的满足感要强烈得多。只有性是这种痛苦和快乐不对称的通用原则的一个例外。但这也容易理解：如果我们不是拥有两种性别的生物，要是我们的生殖系统的结构像花一样，那么它的功能将不具备任何积极的感官体验，因为那时鼓励人们积极活动就完全没有必要了。性愉悦的存在，以及在其基础上建立起的爱之国度的大厦（克洛佩一旦不再枯燥乏味地陈述，他的话语就立刻变得感性而富有诗意！），都仅仅源自性别这一事实。如果雌雄同体人存在，他就会自相云雨的论调真是大错特错。这就是无稽之谈，他只会出于自我保护的本能关心自己。我们所说的自恋，还有我们想象雌雄同体人会感受到的自我爱慕，只是次要投影，是映射导致的结果：这种个体会把外部世界、理想伴侣的图像臆想到自己身上（此后大概70页的内容都是针对单性、双性、多性作为塑造人类天然性别的可能性问题展开的深入讨论，我们将略过这一大段偏题的内容）。

克洛佩发问，文化与这一切又有什么关系呢？文化是新型的适应工具：文化不仅本身从偶然中产生，文化还促使我们所处情形中的一切事实上偶然的东西，站在了更高级、更完美的必然性的光辉之下。所以，文化通过创立宗教、习俗、法律、命令和禁令，把不足的事物变成完美的事物、负变成正、缺点变成完美、残缺变成完整。痛苦让人感到折磨？是的，但它使人高尚，甚至能够拯救一个人。人生苦短？是的，但来生永存。童年艰辛而又幼稚？是的，但无忧无虑、天真无邪，甚至圣洁。衰老很可怕？是的，但它是在为永恒做准备，而且人们不是应该因为老人年长而尊重老人吗？人类是怪物？是的，但这不是他的错，是先祖犯下了罪行，也可能是魔鬼干预了上帝的行为。人类不知道自己想要什么，总追寻人生的意义，是不幸吗？是的，但这是自由的结果——自由是最高价值，所以为了得到它，需要付出高昂的代价，这也没什么，被剥夺自由的人比拥有自由的人还要不幸！克洛佩强调，动物不去区分粪便和腐肉，它们把两者都看作生物的排泄物。对纯粹的唯物主义者来说，把尸体和粪便画上等号同样是正确的，但我们会悄无声息地处理掉后者，庄严肃穆、大张旗鼓地对待前者，给尸体配上昂贵、华丽的包装。这是文化作为一个帮助我们接受痛苦事实的制度提出的要求。肃穆的葬礼是一种安抚手段，让我们从死亡唤起的天生叛逆和反抗中平静下来。在一生中，头脑被越来越广博的知识填满，最终却还是要在腐烂的水坑中消散，这真是耻辱。

所以，文化能够安抚人类对自然进化的一切意见、愤恨、怨气，所有这些偶然出现的肉身属性，未经商榷也未经同意就从亿万年的特定适应过程中遗传来偶尔致命的属性。文化披着守护者光鲜亮丽的官服,带着所有这些令人厌恶的遗产,带着那些深入骨髓、连筋带肉的肮脏疾病和胎记,用无数愚蠢的托词安慰我们,提出自相矛盾的论点,时而诉诸情感,时而诉诸理性,因为任何能够说服我们的方式都对它有利——把消极的迹象转化为积极的迹象,把我们的贫困、我们的缺陷、我们的弱点变成美德、完美和显而易见的必要性。

克洛佩讲师用华丽多变又不失学术庄严的风格为论文的第一部分画上句号,我们只是在这里提纲挈领地介绍了它的内容。第二部分则是解释对文化的真实功能的理解是何等重要。人类能够借此接收到未来的预兆,而未来正是人类自己通过建立科技文明创造的。

"文化是错误!"克洛佩如是说,这一观点的简洁明了让我们想起叔本华的思想"世界是意志!"。文化是错误,并不是指文化是偶然产生的,不,它是必然产生的,因为正如第一部分所阐释的——文化为适应服务。但文化只是从心理层面服务于它,毕竟它没通过各种信仰的教义和训诫把人类变成真正的不死之身,它也没有按照真实的造物主(上帝)造出偶然的人,它也没有真正地消除哪怕一丝个体的悲痛、苦难和折磨(此处克洛佩是忠实于叔本华的!)——这一切行为都只停留在精神层面、说教层面、解释层面，它为没有任何内在意义的东西赋予了意义，它将善与恶分开，将恩典和堕落分开，将耻辱和高尚分开。

但技术文明来了，先是碎步前行，用原始机器的废铜烂铁爬行，爬到文化脚下。建筑物开始震颤，晶体整流器的墙壁破碎了：技术文明承诺人类，它将改善人类的身体和大脑，将真正使他的灵魂得到优化，这令人出乎意料的巨大力量（几个世纪以来积累的信息，在20世纪爆发）宣告人类有机会延长生命，甚至永垂不朽，有机会快速成熟并且永葆青春；有机会获得肉体上无尽的愉悦，甚至消除"自然的"（衰老）和"偶然的"（疾病）折磨和痛苦；有机会获得自由，摆脱以往不可避免的事情（自由意味着人类可以选择自身的自然属性，增强天赋、提高能力、增加智慧的可能性，甚至赋予一个人想要的任何外表、功能、面部、身体、感官，几乎可使其永恒）。

在面对这些已经被现实证明过的承诺时，我们应该怎么办？沉浸在庆祝胜利的舞蹈中，我们应该把文化，瘸子的拐杖、跛子的高跷、瘫痪者的椅子，这个强加在我们羞耻的身体上的补丁系统，强加在我们赢弱身体上的缺陷，这个使用过度的拐杖视为一个时代的错误。因为对于可以长出新的肢体的人来说，假肢有什么用呢？难道当我们让一个人重见光明后，还要让他紧握住白色手杖吗？难道应该要求一个从眼睛里取出白内障的人再次失明吗？

难道我们不应该将这些没有用处的破烂存放在过去的博物馆中，以便昂首阔步朝向前方充满荆棘，却又无比美妙的任务和目标吗？只要我们身体缓慢生长、迅速退化的这些本质，仍是一堵不可逾越的高墙、一道无法跨过的屏障、一条存在的边界，文化就会让人类更容易适应这种灾难性的情况，直至千秋万代。而且如作者所言，正是文化将缺陷变成了价值，把缺点变成了优点，就好像有人注定拥有一辆破烂、丑陋的糟糕汽车，慢慢爱上了它的缺陷，在它的破旧中寻找更高理想的证据，在它持续不断的问题中找到自然的法则、造物的法则，在突突作响的化油器和嗡嗡直叫的车轮中发现了上帝的作品。只要没有另一辆车，这就是非常有效、非常恰当、唯一正确，甚至唯一理性的政策。那是当然！可是，现在有一辆新车驶入眼帘了呢？还要紧抓着断开的辐条，为即将失去的丑东西感到绝望，为即将到来的新款汽车的美丽而高声呼救吗？是呀，从心理学的角度来看，这都是可以理解的。因为已经太久了——千万年啊！人类仍在不断屈从于自己在进化中支离破碎的本性，这上千年来巨大的力量，让人爱上一个给定的状态，它满是贫瘠、毫无魅力、充满痛苦，生理上也是千疮百孔。

人类在接连出现的各种文化形态中苦苦挣扎，说服自己相信极限、唯一、特殊，尤其是相信命运的不可替代，而现在只要看到解脱的机会，就会退缩、颤抖、遮住双眼、惊声尖叫，转身躲避技术"救世主"，想要逃到任何地方，手脚并用地跑进森林，想亲手把这朵科学之花，这知识的奇迹掰断、摧毁、践踏，只要不让他把自己古老的价值观扔到垃圾场就好，这些价值观可是他用自己的血肉夜以继日地滋养起来，才强迫自己爱上它们的！但这种荒谬的行为，这种震惊，这种恐惧，从任何理性的角度来看，都是非常愚蠢的。

对，文化是错误！但它只是那种看到光亮就闭上眼睛，讳疾忌医，名医站在床边病人却仍执意烧香拜佛的错误。直到知识达到一定高度，方才会出现这种错误，而此前却是绝无仅有；这种错误是执拗，是驴子般的倔强，是顽固不化的反感，是惊恐的颤抖，是被当代"思想家"称为对世界变革的智力诊断。文化，这个假肢系统必须要抛弃，这样我们才能将自己置于知识的保护之下，知识会改造我们，赋予我们完美；这种完美并非虚构，也并非强加于人，更不是来自内部自相矛盾的复杂安排和教条的诡辩，而是纯粹事实的、物质的、完全客观的。存在本身会变得完美，而不仅是它的阐述，它的解释！文化，是进化推动论这种傻话的捍卫者，是失败行为的讼棍，是原始主义和平庸躯体的辩护人，它必须赶快消失，因为人类的事业进入了另一个更高的层次，因为此前不可侵犯的必要性的高墙正在倒塌。技术的发展正在毁掉文化吗？它会为之前生物学制约统治的地方提供自由吗？当然！我们不应为脱离奴役流泪，而应该疾步离开它那黑暗的房子。因此（结尾由铿锵有力的结论开始）：一切关于新技术对传统文化造成威胁的话都是真的。但我们不应该为这种威胁感到担忧，没必要修补四分五裂的文化，也没必要用钳子勒紧教条，来抵御高级知识对我们的身体和生活的入侵。现在，文化依然是一种价值观，但将来会变成另一种价值观——一种不合时宜的价值观。它曾是巨大的温床，是子宫，是孵化器，发明创造在其中生根发芽，并在艰难困苦中孕育出科学。诚然，就像正在发育中的胚胎吸收蛋清物质中无效、消极的部分一样，正在发展中的技术吸收文化、消化文化，并将其转化为自己的产物，因为这就是胚胎和卵子的命运。

克洛佩说，我们生活在一个过渡时代：理解走过的道路和延伸到未来的道路，一切从未像过渡时期这般艰难，因为这是一个概念混乱的时代，但这个过程已经一发不可收拾。无论如何都不该认为，从生物奴役王国到自我创造的自由王国的过渡会一蹴而就。人类无法一劳永逸地完善自己，自我改变的过程将一直持续千百年。

克洛佩说："我敢向读者保证，传统人文主义者的思想受到科学革命的恫吓而陷入一种进退两难的问题，就如同狗对取下自己项圈的渴望一样。这种两难问题让人相信自己是矛盾的旋涡，即使技术手段允许也无法从中脱离。也就是说，我们不能改变身体的形状、减弱侵略的欲望、增强智力、平衡情绪、改变性别、让人摆脱衰老、摆脱生育工作。不能这样做，是因为至今没人这样做过。而既然这件事至今都没人做过，说明它本来就邪恶透顶。科学不允许人文主义者用一系列随机事件，用进化过程中的数十亿次灾变——板块向四面八方运动、庞大的冰川、恒星爆炸、磁极改变等无数其他事件——解释人类精神和身体呈现当前状态的原因。进化先从低等动物开始，再到类人猿，以随机方式进行，通过选择挤成一堆，日复一日地刻在基因里，就像赌桌上的骰子一样——我们要把这些话永远奉为圭臬，不可侵犯，但不知其所以然。我们对文化的诊断——对这份它带有高尚意图的工作的诊断，对智人为自己编造的最大、最难、最天马行空、最虚假的谎言的诊断——仿佛是对它的侮辱，把人类突然从那个基因欺骗仍在进行、进化过程仍在染色体上大做手脚的晦暗之处拉到智慧生命的亮堂之处。这场游戏是一个龌龊的诡计，从来没有被任何崇高的价值或目标引导。事实证明，待在这个洞穴里仅仅是为了活过今天——毫不在意这个委曲求全、投机倒把的无耻之徒明天会怎样。但是，一切都与瑟瑟发抖的人文主义者所幻想的相反，这些笨蛋、拙劣冒充理性主义者的无知者，文化将随着人类经历的变化被清理、拆解、分割、改良。只要基因大行其道，只要适应的机会主义决定着存在，就没有任何秘密，而只有受骗者的悔恨不已，猴子祖先遗传的消化不良，沿着想象的梯子爬上天空，却终归从梯子上跌落，无论你要给自己加上羽毛、光环、完美无瑕的概念，还是用后天的英雄气概强化自己，生物学都会死死拖住你的后腿。因此，任何必要的东西都不会被摧毁，而是渐渐凋零、消亡、迷信、解释、欺骗、蒙混过关，简言之——千百年来，可怜的人类的一切诡辩都是为了让令人作呕的境况稍有改善。下个世纪，信息爆炸的尘埃中将出现'自我优化人''自我创造人'，他们会嘲笑我们的卡珊德拉①（如果他们有用来笑的器官）。这种机会值得我们称赞，我们应该把它视为宇宙行星大事件中大有裨益的转折点，面对为我们解除束缚、打碎我们每个人脚下拖拽的枷锁的力量毫不颤抖，它将等到我们体能潜力终于耗尽时，看着我们在痛苦中自我扼杀。进化强加于我们的东西，远比我们施加给最为恶劣的罪犯的东西还要残忍，就算全世界依然认可这种状态，我也永远不会同意，到了垂死之时也要喊出'打倒进化，自我创造万岁'！"

这篇大作具有教育意义，我们引用其原文来结束此前的讨

---

① 希腊、罗马神话中特洛伊的公主，阿波罗的祭司。因神蛇以舌为她洗耳或阿波罗的赐予而有预言能力，又因抗拒阿波罗，预言不被人相信。

论。其教育意义主要在于它揭示了，凡是被一些人视为罪恶和不幸的东西，另一些人就会将其认作大有裨益的东西，并把它提升到完美的高度。笔者认为，哪怕是因为优化标准过于相对化，无法被视为通用准则（用经验主义的话来说，就是准确无误的拯救行为准则），也不能将技术进化看作人类存在的灵丹妙药。不管怎么说，我们都要向读者推荐《文化是错误》，因为它不仅带有时代特征，还是了解未来的一次尝试，了解那个以克洛佩这种思想家为代表的未来学家同心协力探索，却仍旧黑暗的未来。

蔡扎尔·考乌斯卡
《生命的不可能性》
《预测的不可能性》

两卷本

(国家文学出版社——布拉格)

作者在封面上名为蔡扎尔·考乌斯卡,但书中前言后的签名是本尼迪克特·考乌斯卡。是印刷错误,审校马虎,还是不可思议的恶作剧?我个人更喜欢本尼迪克特这个名字,所以接下来就用这个名字吧。为此,我要感谢B.考乌斯卡教授,感谢他让我在阅读其作品时度过了人生中最快乐的几个小时。这部作品阐述的观点肯定和正统科学背道而驰,但也不是纯粹的疯狂,它实际上是介于二者之间,处于没有黑夜白昼的过渡地带,而理智在挣脱逻辑的束缚后，也不至于沦为胡言乱语。

考乌斯卡教授所写的作品证明了一种相互排斥关系的存在：要么概率论这一博物学的基础根本就是错的，要么以人类为首的生物界根本就不存在。在第二章里，教授进一步阐述，如果预测学也就是未来学是真实存在的，而不是虚妄的幻觉，那么无论是有意为之还是无心之失，这门学科都无法进行概率计算，而是需要进行截然不同的计算，即"基于对跖公理在时空连续体中实际前所未有的高级事件集合分布理论"（引自考乌斯卡，引用也旨在说明阅读本书的理论部分具有一定难度）。

本尼迪克特·考乌斯卡指出，经验概率论的核心有巨大漏洞。当我们不能确知某件事时，就会使用概率的概念。但这种不确定要么是纯粹主观的（我不知道会发生什么，但可能别人知道），要么是纯粹客观的（没人知道，也没人能够知道）。主观性概率是信息障碍的指南针：我不知道哪匹马会跑第一，就根据马的数量猜测（如果有四匹马的话，每匹马的获胜机会都有四分之一）。此时我就像一个盲人站在满是家具的房间里。概率就像是盲人的拐杖，被用来探明道路。盲人若是能够看见的话，就不需要那根拐杖了，而如果我知道哪匹马是最快的，就不需要概率论了。众所周知，关于概率论的客观性和主观性的争论将学界分为两个阵营。一些人说，其实存在两种概率，就像上文所说的那样;另一些人则认为,只存在主观性概率,因为任何将要发生的事情,我们都无法准确知晓。因此,一些人将未来事件的不确定性聚焦于我们对这些事件的认识上,而另一些人则关注这些事件本身。

正在发生的事情如果真实发生了,那么它就正在发生:这是考乌斯卡教授的主要论点。概率只会出现在尚未发生某事的地方。科学如是说。可是人人都明白,两个决斗的人射出的子弹在半空中把彼此撞扁,或吃鱼时被这条鱼吞下的六年前不慎落入海中的戒指硌碎了牙,抑或围攻中炸出的弹片在厨具店以四三拍演奏出柴可夫斯基的《降b小调第一钢琴协奏曲》,因为子弹刚好满足作品的要求打在了大大小小的锅上。若是以上种种悉数发生,那它们就成了非常不可能的事件。科学在这方面表明,此类事实的发生频率在这些事实所属的事件集合中,也就是在所有决斗的集合中,在吃鱼时从鱼肚子里找到失物的集合中,以及在炮弹—厨具店的集合中,是极低的。

考乌斯卡教授说,科学在给我们添乱,因为对这些集合的胡诌八扯纯属虚构。概率论通常能够告诉我们,要等多久才能看到某个有着一定极小概率的事件发生,也就是需要重复多少次决斗、丢戒指以及向锅开炮,才能发生上述怪事。这纯属无稽之谈,因为想让极不可能的事情发生,完全不需要让它所属的事件集合成为一个连续系列。如果我一次扔十枚硬币,且知道一次落下十枚正面朝上或十枚背面朝上的硬币的机会是1∶796,我完全不需要为了让十枚正面和十枚背面朝上的概率相等,而至少扔796次硬币。所以我总是可以说,我投掷硬币是经验的延续,它将所有之前一次投掷十枚硬币的经验包含在内。这种投掷在地球过去5000年的历史中一定发生了无数次,所以我其实应该期待所有硬币正面或背面朝上的情况立刻在我眼前发生。因此,考乌斯卡教授还说,请寄希望于这种推论上吧。从科学的角度看来,这一推论完全是正确的,因为不论是一口气扔完硬币,还是扔一次歇一会儿,在休息的时候吃点土豆丸子或去酒馆里喝上一杯,抑或是让完全不同的人来扔,且不在一天之内扔完,而是每周一次或每年一次,这些事情对概率分布毫无影响,也毫无意义。因此,无论扔了十枚硬币的是坐在羊皮上的腓尼基人,还是烧掉特洛伊的希腊人,或是皇帝统治时期的罗马皮条客、高卢人、日耳曼人、东哥特人、鞑靼人、把俘虏赶到伊斯坦布尔的土耳其人、加拉塔的地毯商、贩卖儿童的十字军商人、狮心王查理、罗伯斯庇尔,抑或是数十万个其他赌徒,也完全无关紧要。也正是因此,在扔硬币时我们可以认为这个集合极大,所以我们一次扔出十个正面或十个背面的机会是非常大的!考乌斯卡教授说,请你试着扔一下,同时抓住某个物理学家或其他概率论者的胳膊,免得他逃掉，因为这些人不喜欢别人当面指出他们的方法中的错误之处。请你试一下，然后你就会发现一切都是徒劳罢了。

随后，考乌斯卡教授进行了一项广泛的思想实验，这一实验与某种假设现象无关，而是与他本人的一些经历有关。让我们引用他的文字，简要复述一下此项分析中比较有趣的片段。

第一次世界大战期间，一位军医把一名护士赶出手术室门外，因为正当他做手术时，护士不小心走进了手术室。如果护士对医院很熟悉的话，她就不会把手术室的门误认为换药室的门，而如果她没走进手术室，这位军医也不会把她赶出去，如果他不把她赶出去，他的上司军医团长也不会注意到他对这位女士的不当行为（因为她是一名业余护士、一位高贵的少女），如果他没有注意到，年轻的军医就不会觉得自己该向护士道歉，也不会和她一起去甜品店，不会爱上她，更不会和她结婚，这意味着本尼迪克特·考乌斯卡教授也不会作为这对夫妇的孩子来到这个世界上。

由此可见，本尼迪克特·考乌斯卡教授（作为新生儿，而不是作为分析哲学教研室主任）出生的概率是由某年某月某日护士是否走错门的概率决定的。但事实并非如此。年轻军医考乌斯卡那天没有任何手术安排，而那天他的同事珀皮哈尔想把从洗衣店取回的内衣送到姑母家里，走进她家时，因为保险丝烧断了，走廊的灯就没亮,害得他从第三级台阶上摔了下来,扭伤了脚踝。也正因此,考乌斯卡不得不替他做手术。如果保险丝不烧断,珀皮哈尔就不会扭伤,在手术室里做手术的人就是他,而不是考乌斯卡。而作为一个彬彬有礼的人,珀皮哈尔不会为了把不小心走进手术室的护士赶出去,而说出那么重的话,如果他没有伤害到她,就不需要和她约会,不管是约会还是别的什么,可以肯定的是珀皮哈尔和护士这次虚拟结合的产物不会是本尼迪克特·考乌斯卡,而是截然不同的另一个人。后者来到这个世上的机会,便不在该论文的研究范围之内了。

专业的统计学家了解世界上众多事物的复杂状态,通常会避免讨论某人出生等事件的概率。为了逃避这个话题,他们说这是大量复杂因果链的巧合,因此特定卵子与特定精子结合的时空点,从抽象的角度上说确实是确定的,但从具体的角度而言则永远不可能积累足够多到无所不包的知识,使进行预测(具有Y特征的X个体出生的概率是多少,即人们必须重复多久才能让某个具有Y特征的个体必定来到这个世界)成为可能。但是,这种不可能只是技术性的,而不是原则性的,其困难之处在于收集信息,而不在于世上根本没有这样的信息。本尼迪克特·考乌斯卡教授打算指出并揭穿这一统计学谎言。

正如我们所知,要让考乌斯卡教授出生,并不仅仅是"走对门—走错门"的选择问题。计算出生的机会不仅需要考虑一个巧合，且必须考虑许多巧合：护士被派到这家医院，而不是另一家医院；从远处看她在白帽阴影下的笑容，会让人联想到蒙娜丽莎的微笑；还有斐迪南大公在萨拉热窝被刺杀，因为如果他没有被射杀，战争就不会爆发，如果战争没有爆发，她也不会成为一名护士，而她来自奥洛穆茨，军医则来自俄斯特拉发，所以不管是在医院还是其他地方，他们都很可能不会见面。因此，还应考虑射杀大公的弹道学一般理论，但是由于击中大公还会受其汽车运动的影响，所以还应考虑1914年汽车型号的运动学理论，还有刺客心理学，因为并不是每一个处在那个塞尔维亚人的位置上的人都会向大公开枪。就算那个人开枪，要是他的手紧张得颤抖，就会射偏，所以塞尔维亚人坚定的手和眼睛没有丝毫颤抖的事实，也对考乌斯卡教授出生概率的分布有所贡献。1914年夏天欧洲的总体政治局势同样不容忽视。

反正这段婚姻既没有发生在当年，也没有发生在1915年，也就是这对年轻人真正相识的那一年，因为那时军医被调到了普热梅希尔要塞。后来，他又从那里去了利沃夫，小姑娘玛丽卡就住在那里，他的父母出于利益考虑选择娶她做儿媳。然而，由于萨姆索诺夫的攻势和俄军南翼的调动，普热梅希尔要塞被围困，当不久后要塞沦陷时，军医没能去利沃夫找未婚妻，而是被囚禁在了俄罗斯。而此时,他对护士的印象比对未婚妻还要深刻,因为护士不仅长得俊俏,那首《我的爱人,睡在花床上吧》也比玛丽卡唱得好听许多,玛丽卡没有切除声带息肉,所以总是声音嘶哑。她本应在1914年接受息肉切除手术,但原定负责切除息肉的耳鼻喉科医生在利沃夫的赌场输了很多钱,无法还清赌债(他是一名军官),他没有饮弹自尽,而是偷了团部的钱逃往意大利。这件事让玛丽卡开始讨厌耳鼻喉科医生,在她决定看另一个医生之前,她就成了别人的未婚妻。作为未婚妻,她必须要唱《我的爱人,睡在花床上吧》,而她的歌声,更确切地说是那嘶哑的声音,与布拉格的护士那清脆的嗓音形成鲜明对比,这对未婚妻是十分不利的,也让护士在战俘军医记忆中的地位超越了未婚妻。1919年回到布拉格时,他甚至没想去找以前的未婚妻,而是直奔那位护士,那个待嫁姑娘的住处。

不过,这位护士有四个追求者。每个人都想娶她,但她与考乌斯卡之间除了狱中寄出的明信片之外,没有任何具体的关联,而这些带有军事审查邮戳的明信片本身并不能在她心中唤起特别持久的感情。她的第一个真正的追求者叫哈姆拉斯,是一个不开飞机的飞行员,因为操纵飞机方向舵时,他总是会疝气发作,当时飞机上的方向舵很难操控,毕竟那还是非常原始的航空时代。哈姆拉斯做过一次手术,但没有成功,疝气还是复发了,因为手术医生在缝合肠线时犯了错。而护士羞于嫁给这样一个不飞行的飞行员，他要么一直坐在医院门诊，要么在报纸广告中寻找真正的战前疝气带，因为哈姆拉斯指望这种带子可以让他重返蓝天，不过战争让一条像样的带子变得可遇不可求。

应该注意到，此时考乌斯卡教授的"生存还是毁灭"问题完全与航空史产生了联系，特别是与奥匈帝国军队使用的飞机型号有关。具体而言，1911年奥匈帝国政府获得单翼飞机制造许可，对考乌斯卡教授的诞生产生了积极的影响。该飞机的方向舵很难操控，原定由维也纳新城的工厂负责制造，而事实也是如此。当时，法国安托奈特公司与这家公司一同参与许可证（来自美国法曼公司）的招标，法国公司胜算很大，因为帝国皇家装备部的普赫尔少将有个法国情妇，是他孩子的家庭教师，于是他悄悄喜欢上法国的一切，自然也偏爱法国的飞机。这将改变机会的分配，因为法国的双翼飞机带有副翼，方向舵的操纵杆非常轻盈，不会让哈姆拉斯的老毛病发作，所以也许护士最终会嫁给他。但实际上这种双翼飞机的平衡锤不太灵敏，而哈姆拉斯的臂膀力量较小，他甚至患上所谓的"书写痉挛"，此后签名都有困难，因为他的全名是阿道夫·阿尔弗雷德·冯·梅森-韦登内克·楚·奥留拉和慕纳萨克斯，哈姆拉斯男爵。所以即便没有疝气，哈姆拉斯也可能因为手臂无力而失去护士的青睐。

然而，某个唱歌剧的三流男高音出现在了家庭教师的生活中，很快就让她有了孩子，普赫尔少将把她赶出家门，对一切与法国有关的东西都没了兴趣，军队也把法曼公司许可证给了维也纳新城的公司。家庭教师是在环城路上遇到的男高音，当时她正带着普赫尔少将的几个年长的女儿，小女儿得了百日咳，所以他们尽量把健康的孩子和生病的孩子分开。普赫尔家女厨的一个朋友是给吸烟室送咖啡的，他经常上午到普赫尔家，其实是去找女厨。如果他不把百日咳带到普赫尔家，孩子就不会染病，家庭教师也不会带孩子去环城路，更不会遇到男高音，不会背叛少将，而这样的话安托奈特就会中标。可是哈姆拉斯求婚失败，后来娶了一个宫廷供应商的女儿，和她生了三个孩子，其中一个孩子没有疝气。

护士的第二个追求者没有任何缺陷，是米西尼亚上尉。但他去了意大利前线，得了风湿病（冬天在阿尔卑斯山）。他的死因众说纷纭：上尉正在洗蒸汽浴，一颗22口径的榴弹击中了蒸汽浴室，上尉一丝不挂地被炸飞了出去，栽进了雪地里，他们说他的风湿虽然没了，却得了肺炎。然而，要是弗莱明教授不是在1940年发现了青霉素[①]，而是在1910年，米西尼亚的肺炎就能治好，然后回到布拉格进行康复疗养，而考乌斯卡教授来到世上的机会就会大大减

[①] 弗莱明实际于1928年从青霉菌培育液中提得青霉素。

少。所以抗菌药物领域的发展时间节点在B. 考乌斯卡的出生这件事上扮演了重要的角色。

第三个竞争者是一个体面的批发商，可护士不喜欢他；第四个本来就要和她结婚，但是一杯啤酒让这件事泡了汤。最后一个追求者的过去并不简单，他背负着巨额债务，希望用嫁妆还清这些债务。护士一家和这个追求者一起去参加红十字会抽奖活动，午餐有匈牙利炖肉，吃得护士的父亲口渴难耐，于是离开了正在演奏军乐的餐厅，去喝了一杯生啤，还遇见了刚从抽奖活动场地出来的老同学，要不是因为啤酒，他肯定不会遇到护士的父亲；这个老同学从他的嫂子那里知道了追求者的底细，并且没有一板一眼地把一切都讲给护士的父亲，他好像还给故事添油加醋，反正父亲回来的时候怒气冲冲，眼看就要进行的订婚也无可挽回地泡汤了。然而，如果父亲没吃匈牙利炖肉，就不会感到口渴，就不会出去喝啤酒，也不会遇到老同学，更不会知道女儿的追求者的债务，这样订婚就会完成。而因为是在战时订婚，婚礼也将很快举行。1916年5月19日炖肉中多加的辣椒救了B. 考乌斯卡教授一命。

考乌斯卡医生则在被释后回到了军队，并加入了这场竞争。闲言碎语让他得知了竞争对手的消息，尤其是已故的米西尼亚上尉的消息，据说他可能和护士有过一段情史，尽管医生当时还在囚牢中给护士写明信片。考乌斯卡医生天性是个急性子，打算解除已经和护士订下的婚约,特别是收到几封护士写给米西尼亚的信之后(天知道它们是如何落入布拉格的某个恶人手中的)。随之收到的匿名信里说,考乌斯卡对护士来说就是车子的第五个轮胎——备胎。订婚没被取消是因为医生和他祖父的一次谈话。他的祖父实际上像他的父亲一样,因为他的亲生父亲是个疯癫的败家子,根本就没有抚养过他。祖父是一位思想观念非常进步的老人,他认为年轻女孩很容易晕头转向,尤其是让她晕头转向的人穿着制服,还说自己作为军人随时可能牺牲。

于是,考乌斯卡最终娶了那个护士。然而,如果他有一个思想观念不同的祖父,或者如果这个自由主义者在80岁之前去世,婚礼就不会举行。然而,祖父的生活方式非常健康,按照卡耐普神父的建议系统地接受水疗,每天早晨的冷水浴确实延长了祖父的生命,但它在多大程度上增加了B.考乌斯卡教授出生的机会就不得而知了。考乌斯卡医生的父亲是个厌女主义信徒,当然不会为这个遭人诋毁的姑娘辩护。自从他认识了谢尔盖·穆迪瓦尼先生并成为其秘书之后,对儿子就没有任何影响了。他和老板去了蒙特卡罗,回来之后用守寡的伯爵夫人告诉他的轮盘赌方法,输光了所有财产,受到监禁,不得不将儿子交给自己的父亲抚养。然而,要是医生的父亲没有屈服于赌博的恶魔,他的父亲就不会抛弃他,考乌斯卡教授也就不会出生。

谢尔盖先生，即谢尔盖·穆迪瓦尼是增加教授出生概率的一个因素。他受够了自己在波斯尼亚的财产、妻子和岳母，便将考乌斯卡（医生的父亲）聘为秘书，带他去了海边，因为考乌斯卡的父亲会多种语言，还见过世面，尽管穆迪瓦尼这个姓氏是外语，但他除了克罗地亚语之外不会其他语言。但如果穆迪瓦尼先生年轻时受到自己的父亲更严格的管教，而不是与女仆们厮混，他就能学会几门外语，不再需要翻译，也不会把考乌斯卡的父亲带到海边，后者就不会从蒙特卡罗回来之后成为赌徒，便不会被他的父亲咒骂着赶出家门，他的父亲也不会把还是个孩子的医生留在膝下，不会把进步思想灌输给他，医生就会与护士分手，本尼迪克特·考乌斯卡教授就再次不会出现在这个世界上。穆迪瓦尼先生的父亲在儿子学习语言的时候没有工夫监督他的学习进度，因为儿子的长相让他联想到某个教会官员，穆迪瓦尼先生怀疑他才是小谢尔盖的亲生父亲。出于潜意识里对谢尔盖的厌恶，他对谢尔盖疏于照顾；因此，谢尔盖没有学好外语。

孩子父亲的身份的确复杂，因为就连谢尔盖的母亲也不能确定他是丈夫的儿子，还是神父的儿子。她不能确认他是谁的儿子，是因为她相信凝视对怀孕的影响。她之所以相信这种东西，是因为对她人生观有权威影响的祖母是个吉卜赛人；我们已经说过，应该注意到小谢尔盖·穆迪瓦尼的外祖母和本尼迪克特·考乌斯卡教授出生概率之间的关系。穆迪瓦尼生于1861年，而他的母亲生于1832年，吉卜赛外祖母则生于1798年。因此，18世纪末在波斯尼亚和黑塞哥维那发生的事件，即考乌斯卡教授出生前130年的事件，对他来到世上的概率分布产生了重大影响。但吉卜赛外祖母也不是凭空出现的。她不想嫁给一个信奉东正教的克罗地亚人，尤其当时整个南斯拉夫都受困于土耳其的枷锁之下，嫁给异教徒并不会给她带来任何好运。但这个吉卜赛姑娘有一个比她年长许多的叔叔，在拿破仑的手下打过仗；据说他还参与了大军从莫斯科撤退的战斗。总之，他在法国皇帝手下退伍归来后，因为品尝过无数战争中的硝烟，他深信宗教间的差异无足轻重，于是鼓励侄女嫁给克罗地亚人，那人虽然是个异教徒，却是个善良的小伙子。嫁给克罗地亚人之后，穆迪瓦尼先生的外祖母提高了考乌斯卡教授出生的概率。至于那个叔叔，当初要不是刚好在意大利战争期间到了亚平宁地区，就不会在拿破仑麾下作战，他的主人是个牧羊场主，派他去那儿送一批羊皮大衣。他被帝国卫队骑兵巡逻队拦住去路，当时只有两个选择，要么入伍当兵，要么做个随军商贩：他宁愿拿枪。如果吉卜赛叔叔的主人没有养羊，或者没有在养羊的同时制作意大利需要的羊皮大衣；如果他没有派叔叔把羊皮大衣送到意大利，骑兵巡逻队就不会抓住吉卜赛叔叔，叔叔以后也不会随军征战欧洲，思想保守的他就不会说服侄女嫁给一个克罗地亚人。那么谢尔盖的母亲也不会有吉卜赛外祖母,不会相信凝视受孕,不会认为仅仅看着神父摊开双手在祭坛上唱着男低音,就能受孕得子——和神父一模一样的儿子。这样她就会相信自己完全是清白的,不会惧怕丈夫,为自己背叛婚姻的指控辩护,而丈夫就不会挑小谢尔盖长相的刺儿,会督促他学习,谢尔盖就能学会外语,也不需要任何翻译,这样考乌斯卡医生的父亲就不会和他去海边,不会变成赌徒和败家子。作为厌女症患者,他就会劝医生儿子放弃那个跟已故的米西尼亚上尉调情的姑娘,这样的话,B.考乌斯卡教授就又没办法来到世上。

不过现在我们来想一想,到目前为止,我们已经考察过考乌斯卡教授出生的概率范围,前提是假设他偶然性的父母都存在,我们仅通过引入其父亲或母亲行为中非常小的、完全可信的变化,由第三方(萨姆索诺夫将军、吉卜赛人外祖母、穆迪瓦尼的母亲、哈姆拉斯男爵、法国家庭教师、普赫尔少将、弗朗茨约瑟夫一世、斐迪南大公、莱特兄弟、治疗男爵疝气的外科医生、玛丽卡的耳鼻喉科医生)的行为引起的变化,便降低了考乌斯卡教授出生的概率。当然,同类考察方法也一定适用于嫁给考乌斯卡医生的护士或这个医生出生的概率。为了让这个姑娘和未来的外科医生考乌斯卡出生,必须发生数十亿、数万亿种情况。同理,无数事件决定着他们的父母、祖父母、曾祖父母等人的出生。这或许是无可辩驳的事实，比如要是生于1673年的裁缝弗拉斯蒂米尔·考乌斯卡没有出生，也就不会有他的儿子、孙子或曾孙，以及考乌斯卡医生的曾祖父，也就不会有他，更不会有本尼迪克特教授。

但是，同样的推理也适用于考乌斯卡家族和护士家族的祖先，即使当时他们还没有变成人类，而是新石器时代一群四手着地、栖息在树上的动物。当第一只古猿抓住了一只四手生物，发现自己正面对一只雌性四手生物时，便在一棵桉树下占有了她，这棵桉树就长在今天的布拉格小城区的位置。由于这只好色的古猿和这个四手女原始人的染色体混合，产生了那种类型的减数分裂，那种基因座连锁，经过后面三万代遗传，在护士的脸上创造了这种微笑，有点儿类似达·芬奇画布上蒙娜丽莎的微笑，迷住了年轻的外科医生考乌斯卡。但这棵桉树可能长在四米之外，这样四手女原始人躲避追赶她的古猿时，就不会撞到粗壮的树干后摔倒，就能及时爬到树上，也就不会怀孕；如果她没有怀孕，汉尼拔穿越阿尔卑斯山、十字军东征、百年战争、土耳其占领波斯尼亚和黑塞哥维那、拿破仑远征莫斯科，以及亿万个类似的事件，就会发生微弱的变化，而这些极小的变化都将导致本尼迪克特·考乌斯卡教授绝不可能出生的情况。借此我们也能看出，他存在的可能性分布包含一个概率子集,其中包含了大约349000年前,在今天布拉格的位置上生长的所有桉树的分布。这些桉树生长在那里,是因为一大群躲避剑齿虎攻击的虚弱猛犸象在吃过桉树花之后开始消化不良(这种花会强烈灼伤上颚),于是喝了许多伏尔塔瓦河的水;这些具有清洁作用的水让它们大量排便,继而在以前从未出现过桉树的地方撒下了桉树的种子。但要是当时这些水没有因为伏尔塔瓦河上游注入的水而硫化,猛犸象就不会因此而腹泻,在今天布拉格的土地上就不会长出桉树林,四手女原始人躲避古猿的时候就不会摔倒,那个基因座也不会把蒙娜丽莎的微笑遗传给姑娘,吸引到年轻医生,所以,如果不是因为猛犸象腹泻,本尼迪克特·考乌斯卡教授也不会来到这个世界。但需要注意的是,伏尔塔瓦河水域的硫化发生在公元前250万年左右,这是由于岩体的主要地槽位移产生了塔特拉山脉的中心;这一岩体导致侏罗纪泥灰岩深处喷出含硫气体,因为在狄那里克阿尔卑斯山脉发生了一场由一颗重达百万吨的流星引起的地震;这颗流星来自狮子座流星群,如果它没有落在狄那里克阿尔卑斯山脉,而是再远一点儿,地槽就不会扭曲,含硫层也不会露出表面,就不会使伏尔塔瓦河水硫化,最终也不会引起猛犸象的腹泻。由此可见,如果不是250万年前坠落在狄那里克阿尔卑斯山脉上的流星,考乌斯卡教授也无法出生。

考乌斯卡教授提醒我们注意，有些人容易从他的论点中得出错误的结论。这些人认为，论述表明整个宇宙就像是一台被设置好的机器，它运转的目的就是让考乌斯卡教授出生。当然，这完全是无稽之谈。让我们想象一下，有人想要计算地球在其诞生的10亿年前形成的机会。他将无法准确预测何种形式的行星生成旋涡会生成未来地球的地心，他也无法准确地计算出地球未来的质量或化学成分。然而，他可以根据天体物理学知识，关于重力理论和恒星结构理论的知识，预测太阳将拥有一个行星家族，而从系统中心向外数的第三颗行星将在其他行星之间运行：这颗行星便可被认作地球，即使它看起来与预测的不同，因为无论这颗行星比地球重10万亿吨，还是有两个小月亮而不是一个大月亮，抑或是海洋覆盖比例更高，它都还会是地球。

而被某人在公元前50万年预测出的考乌斯卡教授，如果出生时是只两条腿的有袋动物，或是个黄皮肤的女人，抑或是个和尚，显然已不再是考乌斯卡教授，尽管也许他仍然是一个人。因为太阳、行星、云彩和石头等物体根本不是独一无二的，而所有有生命的有机体都是独一无二的。每个人都像是中了彩票头奖，而且这种彩票的中奖率是1比$10^{603+12+9+6}$。可是为什么我们没有每天都感觉到自己和他人来到这个世界的机会在这个天文数字上显得微不足道？所以考乌斯卡教授说，这是因为即使最不可能发生的事情，如果发生了，就是发生了！而且，因为在常规的博彩中，我们会看到大量的空票和那一张中奖票，而在存在的博彩中，失败者是不可见的。"空票在存在的彩票中是看不见的！"考乌斯卡教授解释道。毕竟，输了这次博彩就等于没有出生，而没出生的人根本就不存在。现在我们引用一下作者写在《生命的不可能性》第一卷第619页上的话（正数第23行）：

> 有些人之所以来到世上，是因为他们的父母早已提前安排好这段婚姻关系，所以某个人的未来父亲和未来母亲还是孩子的时候，就已经缘定终身了。这种婚姻结合出的孩子在来到世上以后，可能会觉得他存在的可能性很大，不同于一个人发现他的父亲在战时大迁徙中遇到了他的母亲，甚或是他的受孕都是因为某个拿破仑的轻骑兵从别列津纳逃走后，除了抢走一杯水之外，还带走了他在村口遇到的姑娘的贞操和她的花环。这样的人可能会想，如果轻骑兵当时再着急一些，感觉到身后有一队哥萨克骑兵追击，或者如果他的母亲没有在村口找什么东西，而是如上帝所吩咐的那样，坐在家里的炉火旁，那他就不会来到这个世上，也就是说，跟早已缘定终身的父母的孩子相比，他就是命悬一线了。

这种说法是错误的，因为计算某人出生的概率，就将其未来父亲和未来母亲的出生作为概率尺度的零点，是没有意义的。如果我们有一千扇门连接起来的一千个房间组成的迷宫，那么从头到尾走完迷宫的概率，取决于寻路人经过的后面所有房间中全部选择的总和，而不是在某个房间里找到正确的门的单一概率。如果他在100号房间迷路了，和他在1号房间或1000号房间迷路没有区别，都一样会迷路并走不出迷宫。与此类似，没有理由认为只有我的出生受到机会法则的约束，而我的父母，他们的父母、祖父母、曾祖父、曾祖母等人的出生就不受其约束，还可以依次类推到地球生命的诞生。有人说，人类个体存在的事实是一种非常低概率的现象，这么说是没有意义的。非常低，是与什么相比？应该从何开始计数？没有建立零点，即计算、测量尺度的起点以及概率的估算，就只是一句空话。

我的推理并不能推导出，我的出生在地球形成之前就已经注定。相反，它意味着我可能根本不会出生，甚至没有人会注意到这件事。任何关于预测个人出生的统计数据都是无稽之谈。因为它认为，任何人无论多么不可能存在，都是有实现某些概率的机会的，而我证明了，无论面对什么人，例如面包师穆茨克，人们都可以这样说：回溯到他出生之前的时代，我们可以找到这样一个时刻，使当时对面包师穆茨克出生的预测，拥有无限接近于零的概率。如果我的父母在婚床上，那么我出生的概率可能是十万分之一（考虑到战后时期婴儿死亡率非常高等因素）。在普热梅希尔要塞被围攻期间，我出生的概率只有十万亿分之一；1900年时是一艾分之一；1800年时是一尧分之一，依此类推。如果一个观察者计算我在猛犸象迁移时出现胃部不适后，出生在间冰期布拉格小城的桉树下的概率，他将会算出我来到世上的概率是10^{603}分之一。估算点向后移动10亿年，就会出现一个"吉"数量级，而要出现一个"太"数量级，则要移动30亿年，等等。

换句话说，我们总能在时间轴上找到一个点，并在此评估某人出生的机会，是非常不可能的，也可以说是不可能的，因为无限接近于零的概率等于无限大的不可能概率。我们这样说，并不是在宣称我们和其他任何人都不存在于这个世界。相反，我们既不怀疑别人的存在，也不怀疑自己的存在。刚才这些话，只是在重复物理学家所说的内容，因为从物理学的角度而非常识角度来看，世界上没有一个人存在着，而且从未存在过。证明如下：物理学认为10^{603}分之一的机会是不可能的。假设预期事件属于每秒发生的事件集合，就算该事件有10^{603}分之一的机会发生，也不能预期它能在宇宙中发生。

今天到宇宙终结之日要度过的秒数小于10^{603}。恒星辐射能量的速度还要比这快很多。因此，宇宙的存续时间一定短于看到每10^{603}秒发生一次的事件发生所需的时间。从物理学的角度来看，等待一个不太可能发生的事件就是等待一个不会发生的事件。物理学把这种现象称为热力学奇迹。例如，这些热力学奇迹包括将锅中烧着的水冻住，从地板上拿起玻璃杯碎片并将它们还原成完整的玻璃杯，等等。然而计算表明，这种"奇迹"发生的可能性要大于10^{603}分之一。我们再补充一点，我们的计算目前仅估算了一半，即宏观数据。除此之外，特定个体的出生还由微观条件决定，即某对异性的哪个精子会与哪个卵子结合。如果我的母亲在另一天的另一时刻怀上我，那么出生的就不再是我，而是另一个人。这一点从我母亲确实在另一天的另一时刻怀孕的事实就可以看出，即我出生的前一年，她生下一个女孩，也就是我的姐姐。我认为她不是我这一点完全无须证明。在估算我出生的可能性时，必须将这一微观统计数据纳入考虑范围，将其包含在计算中，将使不可能的概率从10^{603}提高到10^{10000}。

因此，从热力学物理的角度来看，每个人的存在都是宇宙不可能性现象，因为它的不可能性大到无法预测。如果假设一些人存在，物理学就可以预测这些人会生出其他人，而至于会生出哪些具体的个体，物理学必须要么保持沉默，要么彻底陷入荒谬的境地。因此，要么是物理学宣称的概率论的普遍有效性是错误的，要么就没有人类，也没有狗、鲨鱼、苔藓、地衣、绦虫、蝙蝠和石松，因为这句话对所有生物都非常重要。从物理学的角度来看，生命是不可能的，证明完毕。[①]

《生命的不可能性》以这些话收尾，而这部作品实际上是为第二卷的内容所做的巨大铺垫。作者在第二卷中提出，基于概率预测未来是徒劳的。他希望证明，除了从概率角度上完全不可能的情况以外，历史不包含任何事实。考乌斯卡教授将一个幻想出的未来学家放在了19世纪和20世纪之交，赋予他当时的一切现

---

① 此处原文为拉丁文，"Ex physicali positione vita impossibilis est, quod erat demonstrandum"。

有知识，以便向这个角色提出一系列问题。例如，不久后一种类似铅的银色金属会被发现，如果双手一动就能让这种金属制成的两个半球相碰，变成某种像大橙子的东西，就能够毁灭地球上的生命，你认为这是可能的吗？这样一辆旧马车，一位叫奔驰的先生给它装上一个隆隆作响的一匹半马力发动机，它的数量很快开始成倍增加，令人窒息的浓烟和汽车尾气让大城市的白天变成黑夜，而这辆车在行驶后该放在何处的问题，会成为庞大都市的主要困惑，你认为这是可能的吗？根据烟花和反冲的原理，人们很快就能在月球上散步，并且地球上的亿万人将能够同时在家中观看他们行走，你认为这是可能的吗？我们很快就能制造出人造天体，上面装有设备，让我们可以从外太空追踪任何人在田野或城市街道上的运动，你认为这是可能的吗？我们将制造出一种机器，它比你更擅长下棋、作曲、翻译，能在几分钟内完成世界上所有审计师、会计师和簿记员都无法完成的计算，你认为这是可能的吗？欧洲中部很快就会建起巨大的工厂，把活人扔进熔炉燃烧，而这些不幸者的数量会超过几百万人，你认为这是可能的吗？

显然，考乌斯卡教授说，在1900年只有疯子才会相信这些事件。可这一切都已经发生。那么，假如只有不可能的事情才会发生，为什么这种秩序会突然发生剧烈变化，从此只有我们认为可信、有机会和有可能的事情才能实现？随心所欲地预测未来吧，他向未来学家们说，只要不把预测建立在计算最大概率的基础上就好……

考乌斯卡教授的大作令人印象深刻，当然值得肯定。然而，这位冥思苦想中的学者犯了一个错误，贝德里赫·弗赫里茨卡教授在《农业报》上发表的一篇翔实的批评文章指出了这一错误。弗赫里茨卡教授认为，考乌斯卡教授的所有反概率推理都是基于一个心照不宣的错误假设。在考乌斯卡推理的背后有一种"对存在的形而上学的惊奇"，它可以用这样的话来形容："为什么我存在于此时、此身，以此种而不是另一种形式？为什么我不是以前存在过的千百万人中的一员，且不会成为尚未出生的千百万人中的一员？"弗赫里茨卡教授说，就算我们假设这样的问题有意义，它也与物理学毫不相干。从表面上看，它似乎和物理学有关，且可以改写成如下句子："每个存在过，也就是此前存活过的人，都是特定基因模式组成的肉体实现，基因就是遗传的砖瓦。原则上，我们可以描绘出到目前为止所有已经实现的模式。我们将面对一个巨大的表格，写满了一排又一排基因公式：每个基因公式都与特定的一个人完全对应，这个人通过胎儿发育而来。一个问题呼之欲出，表格中与我、我的身体对应的基因公式，和其他基因公式究竟有什么不同？也就是说，我应该考虑到什么样的物理条件，什么样的物质环境，才能实现这一差异，才能理解为什么我能指着表格上的其他所有基因公式说：'这是其他人的。'而只能指着一个基因公式说：'这是我的，这是我。'"

弗赫里茨卡教授解释说，无论是今天、一个世纪后，还是一千年后，物理学都无法回答这样的问题。这个问题在物理学中毫无意义，因为物理学本身就不是一个人，所以，物理学在研究任何东西时，例如天体或人体时，都不会区分你我、这那；为什么我称自己为"我"、他人为"他"，物理学能用自己的方式解释（基于逻辑自动机的一般理论、自组织系统理论等），但它感知不到"我"和"他"之间的存在差异。诚然，物理学可以揭示人类个体的独特性，因为每个人都是（如果不考虑双胞胎的话！）不同基因公式的化身。

但考乌斯卡教授想表达的并不是我们每个人的构造不同，我们都有身体和精神上的个性。即使所有人都是同一个基因公式的化身，如果人类由完美相似的双胞胎组成，考乌斯卡推理背后形而上学的惊奇也丝毫不会减少。因为我们仍然可以去问，是什么使"我"不是"其他人"，让我没有出生在法老时代或出生在北极，而是此时此地。但我们仍然无法从物理学那里得到这个问题的任何答案。我和别人的这些差异便由此开始，我是我自己，我不能跳出自己，也不能和任何人交换存在；其次我才发现我的外表、我的性情和所有活着的人（以及死去的人）都不一样。这个对我来说最为重要的区别，对物理学来说根本就不存在，而这便是能够就此话题讨论的全部内容。也就是说，让物理学家和物理学对这一问题视而不见的，并不是概率论。

考乌斯卡教授通过提出评估自己出生机会的问题，把自己和读者引入歧途。考乌斯卡教授认为，当物理学被问及"要使我，考乌斯卡出生，必须满足什么条件？"会回答："必须满足物理上极不可能的条件！"然而，这并不是真相。真正的问题是："如我所见，我是一个活着的人，是数百万人之一。我想知道是什么让我在物理上与所有其他生存过、生存着、将要生存的人不同，让我既不曾是也不是他们之一，而就是我自己，且称自己是'我'？"物理学并未使用概率论来回答这个问题。物理学声称，从它的角度来看，提问者和所有其他人之间没有任何物理上的差异。因此，考乌斯卡的论证既不涉及也不违背概率论：因为它与概率论毫无关系！

拜读过两位伟大思想家如此大相径庭的观点之后，笔者深感困惑。笔者无法解决这一两难问题，而笔者从B.考乌斯卡教授作品中获得的唯一确定的东西，就是透彻地了解了导致这位学者出生的所有事件，以及他如此有趣的家族史。至于争议的本质，就留给更有能力的专家研究吧。

阿瑟·多布
《恕不伺候》

（佩加蒙出版社）

多布教授的这本书是关于造人学的，芬兰哲学家艾诺·凯基称其为迄今为止人类创立的最残酷的科学。多布是当今最杰出的造人学家之一，他也持有类似的观点。他说，我们必定得出这样的结论：造人学的实际应用是不道德的，这其实是说这种活动违反了我们生活中必需的道德准则。在研究过程中无法避免一种特殊的残忍，也无法避免危害自然本能，而学者追求事实的完美无罪神话也在此被打破。我们讨论的这门学科，被略微夸张地称作实验性神谱学。实际上笔者仍为以下事实感到困惑：9年前新闻界大肆宣传造人学的发现时，公众对此大为震惊，尽管我们以为在这个时代已经没有什么事情能让人感到惊讶了。几个世纪以来，对哥伦布的壮举的歌颂不绝于耳，可是一周之内征服月球却被集体意识视为一件稀松平常的事情。然而，造人学的诞生却引起不小的轰动。这一名称源自两个拉丁语词汇："人"（persona）和"造"（genetyka）——"造"是指创造、制造。这一领域是继1980年代的控制论和心理学之后的一个分支，与智能电子学应用有一定的交叉。如今人人都知道造人学；随便拦住一个路人，他便会说，这是人工制造的智慧生命。这个答案虽然没有错，但没说到点子上。目前我们拥有近100个造人程序。9年前，电脑中出现了人格图式，"线性"类型的原始核心；不过那时的数字机器如今也只能在博物馆发挥价值，还不能为真正创造类人提供施展拳脚的地方。诺伯特·维纳在其新作《造物主与机器人》中的段落表明，他早已预感到这种实践的理论可能性。他虽然以半开玩笑的方式提及此事，但这些玩笑背后是相当悲观的预感。然而，维纳无法预见20年后事情会发生怎样的转变。"当麻省理工学院发生了输入输出短路时，"唐纳德·阿克爵士说，"最糟糕的事情就发生了。"

目前，未来"居民"的"世界"可以在两小时内制作完成。这是将一个成熟程序（如BAAL 66、CREAN IV或JAHVE 09）导入机器所需的时间。多布粗略勾勒了造人学的开端，把历史资料展示给读者，而他自己作为一个实践—实验者，主要讲述了他是如何工作的——这一点非常重要，因为在以多布为代表的英国学派和美国麻省理工学院派之间，在方法论和实验目标方面的分歧较大。多布把"将6天压缩为120分钟"的程序描述如下：首先，为机器内存配备最小数据组，用外行能够理解的语言来说，就是给内存载入"数学"物质。这种物质是目前暂不存在的类人的"生命"宇宙来源。来到这个数字机器世界的生物，将在其中且仅在其中生长，我们已经能够为其配备具有无限特征的环境。这些生物无法感受到物理意义上的囚禁，因为从它们的角度来看，这个环境没有任何界限。此种环境只具有一个维度，它与我们拥有的一种维度非常相似，即时间流逝（持续）的维度。然而，这种时间并不完全与我们的时间相似，因为它的流逝速度是由实验者自由控制的。这个速率通常在初始阶段（所谓的"创世启动"）处于最大化状态，以便让我们的分钟和亿万年相对应，在此期间会出现一系列连续的重组和结晶——合成宇宙。这个宇宙完全没有空间，它虽然具有多个维度，却只是纯数学的维度，所以客观来说是"想象维度"。这些维度只是程序员的一些公理规定的结果，而它们的数量便取决于此。假如他选择十维的话，那么这对所创建结构造成的后果，与选择六维的结果大不相同；或许应该强调的是，它们与物理空间的维度并无关联，而仅与数学系统创建所使用的抽象的、逻辑上有效的构造有关。

多布试图通过学校里教授的那些简单事实，来解释这个对非数学家来说难以理解的问题：众所周知，我们既可以构建几何上正确的三维立体（例如立方体）或现实中存在骰子这一对应物的立方体，同样也可以构建四维、五维和n维几何体（四维即所谓的超正方体）。我们可以确定地说，这些几何体已经不再拥有真实中的对应物，因为在没有物理四维的情况下，无法构建一个真正的四维立方体。这种差异（物理上可构建和仅在数学上可构建之间的差异）对类人来说根本不存在，因为它们的世界只具有纯粹数学的一致性。它是由数学构建的，虽然这种数学的基础是普通的、纯粹物理的对象（继电器、晶体管、逻辑电路，简言之——一个庞大的数字机器网络）。

根据现代物理学理论可知，空间并不独立于其中包含的物体和质量。空间的存在受这些物体的制约；一旦它们不存在，在物质意义上"什么都没有"，那空间也就坍缩为零，消失掉了。以某种方式"推动"并以此创造出"空间"的物质的作用，在类人世界中由专门为此创造的数学系统实现。通过实验方法创造后，程序员在所有可能的"数学"中选出一组，以此作为"创造宇宙的支撑""存在的根本""本体论基础"。根据多布的说法，这与人类世界有着惊人的相似之处。我们的这个世界"决定"了某些形式和某种几何,它们最简单直接且最适合这个世界(他选择了三维,以保证始终一致)。即便如此,我们也可以想象具有"其他属性"的"其他世界"——在几何领域内,且不仅限于几何领域内。类人也是如此:研究人员选作它"居所"的数学,对这种数学生物来说,就像是我们赖以生存的"基础现实世界"一样。而且,它也可以像我们一样"想象"具有不同基本属性的世界。

多布用连续渐进回溯法阐释自己的观点;我们在上文中简述的内容,以及他书中前两章的大致内容较为复杂,所以在后面的章节中相关内容被部分删除了。作者解释说,类人并不是来到一个现成的、固定的、像被冰封的世界里,世界的形式并非永恒不变。这个世界将呈现怎样的"具体特点",仅仅取决于它,随着它的活动频繁起来,"探索主动性"增长起来,它对世界的影响也将越来越大。然而,将类人的宇宙比作仅仅依赖其居民观察到的现象存在的世界,并不是两者关系的真实景象。我们可以在申特尔和修斯的著作中找到这种比较,而多布则将其视为"唯心主义倾向",视为造人学对贝克莱主教教义的敬礼,其教义竟奇怪地起死回生了。申特尔说,类人像贝克莱的生命一样认识自己的世界。贝克莱所说的生命无法区分"存在"和"感知",即永远无法发现被感知物和独立于感知者并客观地引起感知的东西之间的差异。多布充满激情地攻击这一观点,此观点认为我们作为它世界的创造者,应该非常清楚,它感知到的东西在电脑中独立于类人真实存在——当然,只能以数学物体的形式存在。然而,阐释并未到此结束。类人通过该程序出现,然后以实验者规定的速度,同时也以光速运行的现代信息处理技术能够允许的速度生长。数学,作为类人的"存在居所",并未充分"准备好"迎接它,而是有些"困扰""不清楚",处于"停滞""潜伏"状态,因为它只是某些潜在概率的集合,适当编辑在数字机器次单元中的某些路径的集合。这些次单元,或叫生成器,不会"自己"产生任何东西;特定类型的类人活动会作为一种触发机制,启动一种生产过程,逐渐扩大自己、定义自己。也就是说,这些生物周围的世界将根据它自己的活动而变得明晰起来。为了更好地阐释这一点,多布做了这样的类比:人类可以通过各种方式解释现实世界,可以投入大量精力研究这个世界的某些特征,而所获得的知识也会对不在此重点研究对象范围内的其他领域带来特别的启发;如果人们首先努力研究力学,就会创造出力学的世界图景,并将宇宙视为一个完美的大钟,从过去稳步走向严格规定的未来。这种图景不能完美地与现实形成对应,然而人们可以在历史上很长一段时间里,用它来取得许多实用性的成就,如制造机器、工具等。同样,如果类人出于选择和意愿"偏爱"某种类型的关系,赋予这种关系优先权,如果它发现自己宇宙的"本质"就在于此,走进一条特定的行为和发现之路,而这条路既不是虚构的,也不是没有意义的。它通过这种偏爱"引出"一切最适合自己的"环境"。它最先看到什么,就最先掌握什么。它周围的世界仅仅是部分确定的,部分由研究者—创造者提前设定的。类人在其中留有一定较大的自由行动空间,这些行动既包括"思想的"(它如何看待这个世界,怎样理解这个世界)也包括"现实的"(当然不是我们所理解的现实,仅指不是想象的"行动")。这实际上是这个证明中最难的地方,或许多布也没能完全解释清楚类人存在的特殊属性,这些属性只能通过程序和创造干预的数学语言解释。我们必须暂且相信类人的活动既不是完全自由的(就像我们行动的空间不是完全自由的一样,因为它被自然的物理法则局限着),也不是完全确定的(就像我们也不是被硬生生放在固定轨道上的列车一样)。类人和人类的相似之处在于,颜色、乐声、物体之美等"次要属性"都是在有了听声音的耳朵和看东西的眼睛之后才出现的,但实现观物和听声的东西在很早以前就出现了。类人看到自己周围的环境,"自己"为其加上了这些经验属性,它们正好对应我们看到的风景之美,只不过它看到的是纯粹数学的风景。至于"它怎么看这些东西"这个问题,我们就没有办法在"其感受的主观属性"意义上描述了,因为唯一体验它经验属性的方法就是扔掉自己人类的皮囊，然后变成一个类人。更不用说类人没有眼睛和耳朵，所以在我们看来，它什么也看不见，什么也听不见，因为在它的宇宙中没有光明黑暗、没有上下远近，那里只有我们看不见的维度，但这些维度对它来说确实是首要的、基础的。比如它能够注意到电位的某些变化，这是人类感官知觉器官的对应物。但这些电位的变化对它来说，并不是人类眼中的电击，而是注意到最基础的光学或声学现象，看到红斑、听到声音、触碰到或软或硬的物体。多布强调，此处只能用类比、引用的方法进行讨论。既然类人不能听也不能看，那它与我们相比就是"有缺陷的"，这种论断纯属一派胡言。因为我们可以同样宣称，跟它相比，我们才是无法直接感受数学现象的人，毕竟我们只能通过智力和思维认识它，只能通过推理和它产生联系，只能通过抽象思维"感受"数学。它生活在数学之中，数学是它的空气、土地、云、水，甚至面包、食物，因为在某种意义上，它从数学中汲取营养。因此，仅仅从我们的立场来看，类人是被"囚禁的"，被封锁在机器内的。正如它无法来到我们身边，来到人类的世界，而反之我们也相应地无法进入它的世界，存在于那个世界，直接感受那个世界。于是，数学在自己的化身中成为某种生物的生存空间，这种生物是精神化的，完全脱离肉体，数学是其存在的神龛和摇篮，是其存在的地方。

类人有很多方面与人类相似。它可以想出一对矛盾（"a"和"非a"），也不能让其实现。我们世界的物理学不允许其实现，而它的世界的逻辑不允许其实现。它的世界的逻辑和我们世界的物理都是同样的限制行动的参照系！多布强调，我们无论如何都不能完全内省地理解，在自己无尽的宇宙中完成高强度工作的类人"感受"了什么、"经历"了什么。那么世界没有空间的属性并不是任何禁锢，这只是记者们臆想的鬼话；相反，没有空间反而是它自由的保证，因为"受刺激"的电脑生成器（正是类人的活动"刺激"的）提出的那种数学，好像是任意行为、建造等自我实现的无限场所，可以在此探索，可以英勇出征，大胆地深入其中，简单地说：我们带给类人这样而非那样的宇宙，并未对它造成任何损害。

在《恕不伺候》的第七章中，多布向读者介绍了数字宇宙的居民。类人既拥有流利的语言，也拥有流畅的思维，除此之外还拥有情绪。每个类人都是个体，同时类人之间的差异已经不是创造者—程序员，也就是人类设定的结果。这种差异是它内部构造的极端复杂造成的。类人可以非常相似，却永远不会完全相同。类人一来到世界上，就会被装上所谓的"核心"（"个人核心"）。那时它就已拥有说话和思维的天赋，但处于原始状态。

类人有词典,但词典还很薄,它拥有根据规定的句法规则造句的能力。将来我们或许不再需要把这些决定因素强加给它,而是静静等待它像第一群正在形成社会的人类一样,自己开始说话。但造人学的这个方向遇到了两只拦路虎。第一,等待语言发展的时间必定很长。目前这要花上12年,且还要在电脑内部转换达到最快的条件下(用简洁生动的语言来说,人类的一年对应机器时间的一秒)。第二,也是最大的麻烦——我们将无法理解在"类人群体进化"过程中自发产生的语言,而破解它肯定像破译密电一样困难。通常人们破译的密电,是一些人在一个共享解码器的世界里为其他人编制的,这就更让解码这种密电难上加难。既然类人的世界和我们的世界在许多属性上截然不同,那么最为适合它的语言也一定和任何一个民族的语言相去甚远。因此,无中生有的创造暂时还只是造人学家的计划和梦想。类人"茁壮发育起来"后,便会遇到一个根本性的问题,也是它遇到的最为重要的问题——自己的由来。这是指,它给自己提出了问题,这是人类有史以来就熟知的问题,人类的宗教史、人类的哲学探索和神话创造,都曾问过:我们从哪里来?为什么我们是这样,而不是其他样子?为什么我们感知到的世界有这些,而不是其他什么完全不同的特性?对世界来说,我们的意义是什么?对我们来说,它的意义是什么?这一系列问题最终难免将它引向本体论的根本问题，引向存在是"自己本身"出现，还是某个创造行为的结果，即，这背后是否有一个造物主，拥有意志和意识，了解万事万物，且行为具有目的性。造人学的残酷和不道德正是在此悉数显现出来。

然而，多布先在自己作品的后续诸多章节中介绍了"典型类人"的特点，其"解剖学、生理学和心理学"特点，随后才在自己作品的第二部分探讨是谁在何时想要这样做，因为这些问题让他煞费脑筋。

独居的类人无法超越初级思维阶段，因为他没办法在语言中锻炼，而没有语言，话语思想没法良好发展，最终只能凋零殆尽。成百上千个实验表明，每四到七个类人形成一组是最佳的——至少对于语言发展和典型的探索活动，以及"文明化"而言是这样。而更大规模的社会过程相对应的现象，就需要人数更多的群体。粗略地说，一个容量足够大的电脑世界中，目前可以"容纳"多达1000个类人。但是这种研究属于另一类独立的学科——社会动力学，超出了多布的主要研究兴趣，因此他只是在书中稍作提及。正如前文所述，类人虽然没有身体，但拥有"灵魂"。这种"灵魂"——从窥视机器运转进程的外部观察者的角度来看（通过特殊配置，即内置在电脑中的探头型附加设备）——将自己呈现为"连贯的过程云"，像是具有一种"中心"的功能集合体,可以相当精确地将其限制住,即将其限制在轨道网络上(需要强调的是这并不容易,而且在许多方面这都类似于通过神经生物学技术,寻找人脑中许多活动的定位中心)。《恕不伺候》的第十一章是理解创造类人的概率的关键。这一章的内容相当清晰地阐述了意识理论的基础。意识(每一种,即不仅是类人的意识,当然也包括人类的意识)从物理学角度来看是"信息驻波",一种不停转换的流中的动态不变量。其怪异之处就在于,它是"妥协"同时也是"合力",按照我们的理解,自然进化完全没有"规划"过它。恰恰相反,进化为协调超过一定规模,即超过一定复杂程度的大脑工作造成了巨大的麻烦和困难,它侵入这些两难问题的领地,显然是无意地做出了这样的事情,因为进化并不是人类创造者。进化只是使用一些古老的方法,解决神经系统控制—调解任务,并将其"拖"到了人类起源的水平。从纯粹理性、效率工程的角度来看,这些古老的解决方案应该被彻底删除、丢弃,并被设计成全新的东西——充当理性生物的大脑。但进化必定不能这样进行,因为它没有能力摆脱有亿万年历史的古老解决方案,因为它一直都在用微小的步伐适应环境变化,"爬行着"而非"跳跃着"。这使它变成了"拖网","拖着"数不胜数的"古物",毋宁说是一堆"垃圾",正如塔玛尔和博文一针见血地描述的那样,它是电脑模拟人类心理的创造者，这种模拟为造人学的诞生打下基础。人的意识是特殊的"妥协"和"拼凑物"的结果，格哈特等人如是说，它是德国俗语"化瑕为瑜"①的完美例证。数字机器永远不能"自己"获得意识的原因很简单，因为其中不会发生行动的层级冲突。如果其内部的二律背反成倍增加，这种机器最多只会陷入某种"逻辑瘫痪"或"逻辑昏迷"。人脑中层出不穷的矛盾，在千万年后会渐渐成为"仲裁程序"的对象。高低不同的层次出现，反射和反思的层次、冲动和控制的层次、模拟基本环境（以动物学方式）和模拟概念环境（以语言方式）的层次，所有这些层次都不能也"不想"完全重合、覆盖、合二为一。那么，什么是意识？是摆脱、逃出圈套的办法，是虚假的最终诉讼，是据称的（但只是据称而已！）最高上诉法院，还是——用物理和信息理论的语言说——一旦开始就完全无法关闭，或者说无法逃离最终结局的动作？这样它就只是这种关闭的一个设计，完全"调和"大脑顽固矛盾的设计。它就像是一面用来映照其他镜子的镜子，而其他的镜子又在反射另一些镜子的影子——如此循环往复。这在物理上完全是不可能的，所以无限追溯正是一种陷阱，人类意识的现象在它上面飞舞。"意识之下"进行着一场旷日持久的斗争，这

---

① 原文为德文，Aus einer Not eine Tugend machen。

种斗争旨在争取全面代表，但做不到，很简单，因为没有位置：如果要赋予所有争夺意识关注中心的倾向充分的平等权利，那必须有无限的容量和吞吐量。于是，意识周围有不断的"拥堵"和"推挤"，但它根本不是所有思维现象中冷静且至高无上的舵手，而常常是湍流上的交通堵塞，其"高人一等的地位"与掌控波浪并无关系……很遗憾，信息学、动力学解释的现代意识理论的语言无法简明地阐释，所以我们仍然需要使用一系列可见的例子和隐喻，至少在直观的阐述中是这样的。不管怎样，我们知道意识是某种"逃遁""逃离"，是进化根据适合自身的行动方式进行的转移，这种行动是机会主义的，即迅速摆脱正在出现的压迫的行动。如果理性存在确实是由某个遵循完全理性的工程学和逻辑学准则、应用技术效率标准的人创造的，那么这样的存在根本不会拥有意识这一天赋……它会表现得完全合乎逻辑、始终清晰一致、井井有条，甚至对人类—观察者来说，它在创造和决策方面也将是完美的，但无法成为人类，因为它缺乏人类"神秘的深度"，人类内部的"复杂性"，人类迷宫般的本性……

我们将不继续在此讨论现代生命意识心理理论，多布教授也没有这样做。然而有必要再补充几句，因为它们是类人人体结构的前提。创造类人终于实现了关于人工生命的最古老的神话。为了创造出与人类的相似之处，心理上的相似，必须把特定的矛盾故意引入信息基质，必须赋予它不对称性、离心倾向，一句话来说，必须让它既统一又对立。这样做是理性的吗？当然，当我们不想简单地建立一些人工智能，而是要模仿思想及随之而来的个性，这样做就在所难免。

因此，类人的情绪必然与它的理性产生一定的冲突；它一定至少有一些自我毁灭的倾向；它一定完全体验到整个内部张力，体验到一种完美无限的精神状态，体验到疼痛难忍的撕扯。创造的配方完全不像大家认为的那么复杂。创造物（类人）的逻辑必须被违反，必须包含一些二律背反。希尔布兰特说，意识不仅是逃离进化的陷阱，而且也是摆脱哥德尔化陷阱的一种方式，因为通过逻辑倒错矛盾，这种解决方案避开了每个逻辑上完美无缺的系统所必须经受的矛盾。因此，类人的宇宙是完全理性的，但它并不是完全理性的居民。我们到此为止——因为多布教授没有深入探讨这个极其困难的话题。正如我们已经知道的，类人没有身体，因此无法体验到自己的肉体存在，但它有"灵魂"。"这真是难以想象。"有人这样形容在某些特殊的思维状态下，处于完全的黑暗中，而外部刺激的流入减少到最低时所经历的事情，但多布认为，这些都是错误的看法。随着感觉被剥夺，人脑的工作会开始迅速瓦解：没有来自外部世界的冲动流，心理会具有一种溶解倾向。而剥夺了感受的类人，就不会"崩溃"，因为是它的数学环境赋予它内聚能力，它能够体验到它——但是怎样体验呢？比如它可以根据自己的状态的变化来体验它，这种变化是由这种强加于它的"外部性"引发的。它能够区分来自外部的和来自自己内心深处的变化。它是怎么做到的呢？只有类人的动态结构理论才能就这个问题给出明确答案。

可尽管有那些可怕的差异，它也是和我们相似的。我们已经知道数字机器永远不会唤起意识；无论我们交给它什么任务，我们将在其中模拟什么物理过程，它都将永远保持非灵魂状态。因为如果想要模仿人类，就必须重复他所具备的一些基本矛盾，只有相互吸引的对抗力构成的系统，即类人，才会像是一颗被重力拉住同时被辐射压力推动的恒星（多布引用凯尼恩语）。重心就是"我"——但它绝不是任何逻辑或物理意义上的统一体。这只是我们主观上的错觉！阐述进行到这里，我们便陷入许多令人惊讶不已的东西之中。我们的确可以将数字机器编程，以便和它进行对话，甚至像是和一个有思想的人对话一样。如果有需要的话，机器还会使用代词"我"和其他所有语法形式。但这确是一种特殊的"欺骗"！机器还是会近似亿万只鹦鹉一样——就算是训练有素的鹦鹉，也比不上最简单、最愚蠢的人。它对人类行为的模仿仅仅是在纯粹语言层面。任何东西都不会让这机器感到开心、惊奇、震惊、恐惧、担忧，因为它在心理和个体上什么都不是。它是描述问题的声音，是回答问题的声音，是能够击败最强棋手的逻辑，它是，就是说它可以成为——一切事物的最完美模仿者，能够扮演任何编辑好的角色，但只是内里完全空虚的演员和模仿者。我们不能指望得到它的喜爱或厌恶、友善或敌意。它不会追求任何自定目标；对每个追求永恒的人来说它的"无所谓"是难以理解的，因为它根本就不是一个人……它除了是一个完美运转的组合机制，什么都不是。我们遇到了一个极其怪异的现象。令人惊讶的是，我们可以通过向机器中植入一个特殊的程序，即造人程序，从这样一个冷酷无情的、毫无人情味的机器的"原料"中，创造出真实的个体，甚至一次创造出许许多多个！IBM最新型号的容量达到了1000类人——这是精确的数学术语，因为一个类人载体所需的元素和连接数量可以用厘米—克—秒来表达。类人在机器内部也是被物理分隔开的。它们不会"重叠"——尽管这有可能发生。然而在接触的时候，会出现相当于"排斥"的东西，这让它们很难相互"渗透"。尽管如此，它们还是可以相互穿透——如果它们愿意的话。那时潜在的心理过程便开始重叠，产生噪音和干扰。在穿透区很薄时，一定数量的信息会变成两个部分"重叠"的类人的"共同财产"，这种现象对它们来说很奇怪。这在主观上也是令人惊讶的——听到"别人的声音"和"别人的想法"（这种情况往往出现在某些精神障碍的情况下，即精神疾病，或在致幻剂的影响下）对一个人来说是多么让人瞠目结舌，甚至惶恐不安。就好像两个人不是拥有相似的记忆，而是同一个记忆。好像正在发生的不仅仅是思想上的心灵信息传递，而是"自我的外围融合"。然而，这是一种危险现象的先兆，我们应该尽力避免。在"边缘渗透"的过渡状态之后，"推进中"的类人可能会"摧毁"和"吞噬"另一个类人。届时后者会被吸收、消灭——不复存在（这已被称为谋杀……）。被消灭的类人成了"侵略者"同化、不可分的一部分。多布说，我们不仅成功模拟了精神生活，还模拟了它的威胁和毁灭。于是我们也成功模拟了死亡。但类人在正常实验条件下，会避免这种"侵略"行为。他们中间大抵不会出现"噬魂"（这是凯斯特尔提出的术语）。当他们感受到渗透将要开始——这种渗透可能是由于纯粹随机的接近和波动导致的，以一种自然无意识的方式感受到这种威胁，就像有人感觉到"他人的存在"甚至在自己的脑海中听到"他人的声音"一样——类人就进行主动的躲避动作，退后分散开去。这种现象让他们了解了"善""恶"两种概念的含义。他们很清楚，"恶"在于摧毁他人，而"善"在于拯救他人。同时，一个人的"恶"可能成为一个"噬魂者"的"善"（道德意义之外的利益）。这种扩张侵占了别人的"精神领域"，而增加了最初给定的"心理面积"。这相当于我们的做法——在我们还属于动物的时候，我们必须杀死别人并以他为食。但类人不必这样做，它们仅仅是可以这样做。它们不知道饥饿或口渴，因为它们被不断流动的能量喂养，不需要担心能量的来源问题，就像我们不必费力争取阳光照耀一样。在类人的世界里，无论是热力学的术语还是原理都不会出现，因为它们的世界受到数学而非热力学的约束。

很快，研究人员便确信，通过电脑的输入和输出进行的类人和人的接触，在认知上意义不大，并且它们还造成了一些道德困境，导致人们将造人学称为最残酷的科学。一些事情并不值得告诉类人，比如我们在模拟无限大的封闭空间中创造了它们，它们是我们世界里的微观"心理囊肿""小包囊"。它们确实生活在无限中，因此沙克或其他心理工程学家（法肯斯坦、维格兰）认为情况是完全对称的：它们不需要我们的世界、我们的"生活空间"，就像它们的"数学地球"对我们毫无意义一样。多布认为这些论点都是诡辩。毕竟我们无法讨论，在创造意义上是谁创造了谁、谁封闭了谁。总之，在和类人的关系方面，多布属于主张"不干涉"和"不接触"这两种绝对原则的人。他们是造人学的行动派。他们希望观察人造智慧体，聆听它们的语言和思想，记录它们的行动、它们的成就，但绝不干涉它们。目前这种方法已经发展成熟并且具备特定的技术设备，几年前想要采购到这种设备还是难于上青天。它的重点在于倾听和理解,简单来说就是成为长期观察的见证人,但同时不要让这种"监听"以任何方式干扰类人的世界。目前,麻省理工学院正在设计程序(AFRON II 和EROT),使类人——目前为止无性别的存在——发生"性接触",相当于"受精",并让它们有机会"有性"繁殖。多布毫不掩饰自己并不热衷于这些美国的项目。根据《恕不伺候》中描述的所有研究,他的工作指向一个截然不同的方向,英国造人学派被称为"哲学训练场""神义论实验室",也不无道理。这些篇章之后,我们继续阅读本书最为重要的——当然也是最引人入胜的最后部分,这一部分将对那个乍一看相当奇怪的书名进行解释说明。

多布描述的实验已经不间断进行了8年。他对创造本身一笔带过,毕竟这是对JAHVE 09程序的常见功能的简单重复,只是进行了些许修改。多布简要介绍了窃听他创造的世界、追踪其发展的成果。他认为这种窃听是不道德的,有时甚至算是可耻的行为。然而他还是完成了研究,声称有必要进行此类科学实验,但从纯粹的道德和超认知的角度来看都不能自圆其说。他说,事态已经发展到学者们的陈词滥调都无济于事的地步。我们不能用各种借口来假装自己完全中立并避免良心不安,例如人们为进行活体解剖找到的借口:这只是给不完全成熟的意识和没有自主权的生物带来痛苦或疾病。我们肩负着双重责任，因为是我们创造了它们，并将其束缚在我们的研究程序里。无论我们做什么，无论我们如何阐释自己的行为，都已无法逃避全部责任。多布和他在旧港市的同事多年的实验，创造出一个八维宇宙，这个宇宙已经成为名为ADAN、ADNA、ANAD、DANA、DAAN和NAAD的类人的家园。第一批类人将植入其中的语言雏形发展起来，并拥有了通过"分裂"创造出的"后代"。正如多布仿照圣经的诗句写的那样："ADAN生出了ADNA，ADNA又生了DAAN，DAAN又孕育了EDAN，后者又诞下了EDNA……"——如此往复，直到第300代出生；而由于他使用的电脑容量只有100个类人单位，所以会发生定期清理"人口过剩"的情况。第300代中又出现了ADAN、ADNA、DANA、DAAN和NAAD，它们被赋予一系列描述辈分的数字，但为了化繁为简，我们将在复述时忽略这种数字。多布说，自"世界的开始"以来，电脑世界所经历的时间大约是——换算为我们的时间——两千到两千五百年。在这个时期内，类人族群中出现了对自己命运的一系列不同解释，也出现了他们创造的各种相互竞争、相互排斥的对"一切存在"的理论，简单地说就是出现了许多不同的哲学（本体论和认识论）以及独特的"形而上学尝试"。因此，不知道类人的"文化"是否与人类的文化大相径庭，或者也是因为实验持续的时间太短——在被研究的人群中没有出现任何一种教义完备的信仰，比如能够对应佛教或基督教的信仰。从第八代开始，人格化的单一神论的造物主概念就已经出现。实验先将电脑转换的速度提升到最大，然后（大约每年）放慢一次，使观察者能够"直接聆听"。多布解释说，这些速度变化对于电脑宇宙的居民来说是完全无法察觉的，就像我们无法察觉类似的变换一样，因为当整个存在突然发生变化时（此处仅在时间维度上），牵涉其中的人如果不具备任何不变量，即能够确定变化发生的参照系，就不会注意到这种变化。

引入"两个时间流"可以让多布梦寐以求的东西出现，即类人自己的历史，具有相应的传统深度和时间视角的历史。多布发现的关于这段"历史"耸人听闻的数据不胜枚举。所以我们就暂且局限在书名所反映的那些段落中。类人使用的语言是标准英语的最新转换形式，其词汇和句法被编入第一代类人。多布基本上将其翻译成了"普通英语"，但留下了一些由类人创造的表达方式，包括用"上帝者"和"非上帝者"概念来表达"信仰上帝的人"和"无神论者"的意义。

ADAN、DAAN与ADNA（类人没有性别，也不使用这些名字——它们是观察者纯粹的实用发明，以便记录对话）讨论了一个我们熟知的问题，这个问题在我们的历史上来自帕斯卡尔，而在类人的历史上则是EDAN 197的发明。这位思想家，完全像是帕斯卡尔一样说，信仰上帝无论如何都比不信来得划算，因为如果"非上帝者"是正确的，那么信仰上帝的人去世的时候除了生命没有损失任何东西；而如果上帝存在的话，他将会得到永生（永恒之光）。既然这样，就应该信仰上帝，因为权衡最大生存机会的存在策略直接指明了。

ADAN 300是这样看待这一方针的：EDAN 197在自己的推理中假设要求敬畏、爱、笃信的上帝存在，而不仅仅是相信上帝存在，或是他创造了世界。毕竟，为了得到拯救，仅仅接受创造世界的上帝的假设是不够的，还必须感谢造物主的创造行为，领悟他的意志并将其实现，简而言之即必须侍奉上帝。上帝如果存在，就能够证明自己的存在，至少像直接可感的东西证明它的存在一样令人信服。我们毫不怀疑某些物体存在，也不怀疑我们的世界由它们组成。我们最多可以怀疑它们是怎样让自己存在的，它们是如何存在的，等等。但是没有人能否认它们存在的事实本身。上帝能用同样的力量证明自己的存在。可上帝没有这样做，他让我们获得有关这件事的一般的、间接的知识，这些知识通过各种推测的形式表达出来，有时被称为启示。如果上帝这样做，就是把"上帝者"和"非上帝者"放在了同等的地位上；上帝并没有强迫被创造物绝对相信自己的存在，而只是赋予他这种可能性。当然，被创造物可能不了解造物主的动机。于是就出现了这个问题：上帝要么存在，要么不存在，而第三种情况出现的可能性（上帝存在过，但现在已不存在，他只是阶段性地存在，飘忽不定，有时存在得"少一点儿"，有时存在得"多一点儿"，等等）微乎其微。这一点不能否认，但将多价值逻辑引入神义论只会引起混乱。

因此，要么有上帝，要么没有上帝。如果他接受我们的处境，即两种可能性的支持者都有自己的论据——一些人是作为"上帝者"证明自己的观点，而另一些人则是作为"非上帝者"反对这种观点。这让我们陷入了逻辑上的博弈，一方是由"上帝者"与"非上帝者"组成的集合，另一方则只有上帝一个。这一博弈的逻辑特征让上帝几乎无权惩罚任何不信仰自己的人。如果不能确知一个事物存在，只是有人说它存在，有人说它不存在，如果它根本不存在的假设是可以论证的，那么任何公正的法院都不会因一个人否认这个东西存在而判其有罪。因为对于所有世界来说：没有充分的确定，就没有完全的责任。这是一个在纯逻辑上无可争议的表述，因为它创造了博弈论中的对称性收益函数：面对着不确定性，却依然要求完全责任，违反了博弈的数学对称性（此时出现了所谓的非零和博弈）。

就是说，要么上帝是完全公正的，那么他就不能拥有"非上帝者""非上帝"（即他们不信仰他）的权利；要么上帝会惩罚不信仰他的人,也就是说,他在逻辑上并不完全公正。然后呢?他就可以为所欲为,因为当逻辑系统中只有唯一的一个矛盾时,根据爆炸原理①,你可以从系统中随心所欲地推导出任何东西。换句话说,公正的上帝不能动"非上帝者"一根头发,如果他这样做了,就不是神义论所假定的完美和公正的存在。

ADNA问道:"鉴于此,我们该如何看待对他人作恶的问题呢?"

ADAN 300回答道:"发生在这里的一切都是完全确定的;发生在'那里'——世界之外、永恒之中、上帝之处等的一切都是不确定的,因为它们是根据假设进行的推理。不应该在这里作恶,即使不作恶在逻辑上无法被证明。但逻辑上同样无法证明世界存在。世界存在,虽然也可以不存在;可以作恶,但不必这样做。"ADAN 300接着说,"我认为,这基于我们的相互性原则:以彼之道,还施彼身。这与上帝是否存在无关。如果我不作恶,是以为在'那里'会为作恶受罚,或者我行善事,是期待在'那里'得到奖赏,那我就是过分依赖不确定的道理了。然而,这里不可能有比我们就此达成一致更为确定的道理。如果'那里'还有其他道理,我无法像了解这里的道理一样准确了解它们

---

① 原文为拉丁文,ex falso quodlibet。爆炸原理是经典逻辑中陈述从矛盾中可以得出任何事物的规则。

的道理。只要活着，我们就要进行生命博弈，我们所有人都是博弈中的盟友。这样我们之间的博弈就是完全对称的。我们假设上帝（存在），就是假设此生之后博弈仍将继续。我认为不应假设这一博弈会延长的条件，是它不会以任何形式影响到这里的博弈进程。否则我们就是准备为某个可能不存在的人，牺牲这里一定存在的东西。"

NAAD发现自己并不清楚ADAN 300对上帝的态度。ADAN虽然承认造物主存在的可能性，可那又怎样呢？

ADAN说："不怎么样。就是说，没有任何义务。我认为，不论对此处还是所有世界而言，如下原则是重要的：暂时的伦理总是独立于超验的伦理。这意味着暂时的伦理除了本身之外，没有任何有效约束力。也就是说，作恶的永远是卑鄙的人，正如行善的永远是正义的人一样。如果一个人准备侍奉上帝，并认为支持上帝存在的论据是充分的，那么他不会因此在这里得到任何额外的功劳，因为这是他的事。这个原则基于这样的前提：如果上帝不存在，他就完全不存在；如果上帝存在，他就是全能的。因为全能者不仅可以创造另一个世界，而且可以创造另一种逻辑，而不是作为我推理基础的那种逻辑。在这另一种逻辑中，暂时伦理必然依赖于超验伦理。如果不是视觉证据，逻辑证据将拥有压倒性的力量，迫使你在违背理性的威胁下接受上帝的假设。"

NAAD说:"可能上帝不想强迫别人信仰自己的情况发生,即这个ADAN 300假设的另一种逻辑所导致的情况。"后者则答道:

"全能的上帝也必定是全知的;全能并不独立于全知,因为一个人能做任何事情,却不知道使用这种全能会导致的后果,那实际上他就不是全能的了。如果上帝像人们说的那样时不时地创造奇迹,那么这就让完美大打折扣,因为奇迹侵犯了被创造物的自主性——是突然干预。然而控制了创造的产品且从一开始就对其行为了如指掌的人,就不需要侵犯这种自主性;如果即便如此他还是破坏了它,并依然全知,这意味着他根本没有改进他的工作(毕竟,改进必然代表最初的非全知状态),而是奇迹般地给出了他存在的迹象。这就出现了逻辑缺陷,因为给出这种迹象的同时,会造成创造物的局部问题被改善了的印象。新出现情形的逻辑分析如下:被创造物需要进行的修正并非来自它本身,而是来自外部(来自先验,即上帝),所以奇迹其实应该成为常态,即将被创造物完善到任何奇迹都无须出现的地步。而奇迹作为一种干预不能仅是上帝存在的迹象,毕竟除了暴露其创造者之外,它们还总是指出其接收者(这里指被奇迹帮助的人)。因此,逻辑上必须是这样:要么被创造物是完美的,那么奇迹就没有必要了;要么奇迹是有必要的,那么被创造物就一定不是完美的(不管是通过奇迹还是不通过奇迹,都只能修正有缺陷的东西,因为干预完美的奇迹只会破坏完美,即让其变得更糟)。换句话说,用奇迹来向人们指示自己的存在,相当于用逻辑上最差的方法宣告自己的存在。"

NAAD问:"上帝是否不希望出现逻辑和信仰自己之间的选择,或许信仰的行为应该为了达到完全信任而抛弃逻辑?"

ADAN说:"如果我们认为这些事物(存在、神义论、神谱等)的逻辑重构都可以是内部矛盾,那显然就可以证实一切了,也就是随心所欲地证明任何东西。看看事实如何吧:我们要创造一个人,赋予他特定的逻辑,然后要求他为信仰的造物主做出牺牲。如果这种逻辑本身要保持一致,它就需要应用一种元逻辑进行完全不同类型的推理,而不是用被创造物的逻辑进行推理。这样暴露出的如果不是造物主的缺陷,就是一种我称为数学的不优美的特性,创造行为的一种特别的紊乱(不连贯)。"

NAAD依然固执己见:"可能上帝这样做,正是想要让被创造物认为其神秘莫测,即无法根据他所赋予的逻辑进行重构。简言之,他要求信仰凌驾于逻辑之上。"

ADAN回答它说:"我明白。这当然是可能的,但即便如此,信仰与逻辑不相容的事实,也造成了让人不快的道德困境。所以在推理到一定程度时,应该将它暂停下来,交给原始推测,即将推测置于逻辑确定性之上。这要以无限信任的名义来做;由此我们进入了恶性循环,因为理应信任的事物的存在,是起初逻辑正确的推理的结果,这样就出现了逻辑矛盾,这种矛盾对某些人来说具有积极价值,并被称之为上帝的奥秘。从纯构造的角度来看,这是一个糟糕的解决办法,而从道德的角度来看,则是值得怀疑的,因为神秘可以充分建立在无限(存在的特性即是无限)的基础上,从任何建筑学的角度来看,通过内部自相矛盾来保持并加强它都是残酷的。神义论的鼓吹者一般都没有意识到这一点,因为他们将普通逻辑应用于某些部分,而对其他部分又不再应用;我想说的是,如果相信矛盾,就应该只相信矛盾,而不是同时还在其他地方相信非矛盾(即逻辑)。然而,如果保留这种奇怪的二元论(暂时性永远服从于逻辑,而超验性只是片段地服从),那么就出现了逻辑正确性上'拼凑'的创造景象,我们不能再假设其完美。我们难免会得出一个结论,完美必定是逻辑上拼凑的东西。"

EDNA问:"爱是否能成为这些不连贯的连接?"

ADAN回答:"即便如此,也并非所有形式的爱都可以,只有盲目的爱才可以。上帝,如果他存在的话,如果他创造了这个世界,则已经允许这个世界按照其能力和意愿发展。不必为上帝存在而对其心存感激,因为这样的做法预设了一个更早的前提,即上帝可能不存在，而这样不好；这个前提导致了另一种矛盾。那么要对被创造心存感激？上帝不配得到这份感激，因为这被迫让人相信，存在肯定比不存在更好——我不知道该如何证明这一点。我们不可能服务或伤害不存在的人，如果造物主因为全知，事先知道被创造物会感激涕零地敬爱他，或者会忘恩负义地抛弃他，从而制造一种被创造物无法直接看到的限制，那么正因此，上帝不配得到任何东西：既不配得到爱，也不配得到恨；既不配得到感激，也不配得到责备；既不配得到对奖赏的希冀，也不配得到对惩罚的恐惧。他什么都不配。渴望感情的人必须先保证感情主体的存在不容置疑。爱的前提可以是对它能引起相互性的推测；这很容易理解。但是把对所爱的人是否存在的推测作为爱的前提，简直是无稽之谈。全能的人可以给出确定性。既然他没有给出确定性，说明就算有，他也认为这是没必要的。为什么是没必要的？这就出现了他并非全能的推测。非全能的人确实应该得到类似于怜悯和爱的感情，但是，我们的任何一种神义论都不允许这样说。所以我们说：我们为自己服务，不为其他任何人服务。"

关于神义论的上帝是开明还是专制的话题，我们就不再赘述了，很难将占本书很大一部分的论证进行言简意赅的介绍。多布记录的分析和讨论，有些来自ADAN 300、NAAD和其他类人的讨论组，有些来自独白（通过使用接入电脑网络的相应设备，实验者甚至可以记录纯思想活动），占据了《恕不伺候》三分之二的篇幅。我们在正文中找不到任何针对它们的评论，但多布的后记中出现了评论的身影。他这样写道：

> 我认为ADAN的论证无可反驳，至少对我来说是这样的：毕竟是我创造了它。在它的神义论中我就是造物主。实际上我是借助ADONAI IX程序创造了这个世界（序列号47），并通过JAHVE 09程序修订版创造了类人的原基。这些初始个体产生了300代后代。事实上我并没有理所当然地向它们传达这些事实，也没有说我存在于它们的世界之外。实际上它们只是通过猜测和假设推理出了我的存在。事实上当我创造理性存在时，并不觉得有权向它们要求任何特权——爱、感激甚或任何服务。我可以将它们的世界放大或缩小，加快或减慢它的时间，改变它们的感知模式和方法，消灭它们，分裂它们，繁殖它们，改变它们存在的本体论基础。因此，与它们相比我是全能的，但这并不代表它们亏欠我什么。我认为它们对我没有丝毫义务。实际上我并不爱它们。爱是绝对不可能的，但可能终究会有其他某个实验者对

自己的类人们有这种感情。我认为,这不会让情况发生丝毫改变。想象一下,我给自己的BIX 310092中加上了巨大的附件,它就是"永恒世界"。我通过连接管道把类人的"灵魂"一个一个放进附件中,在那里奖励那些信仰我、崇敬我、感激我和信任我的类人,而所有其他类人——用类人的语言来说,所有"非上帝者"——我将惩罚它们,例如毁灭或折磨它们(我甚至不敢考虑永恒的惩罚,我还不是那种怪物!)。我的行为将不可避免地被认作一种极端无耻的自我主义的飞跃,一种卑鄙的非理性报复行为,简言之——在完全支配无辜者的情况下进行的终极恶行,无辜者们将用无可辩驳的理由或逻辑来反对我,逻辑庇护着他们行动。当然,任何人都可以从个人经验中得出自己认为正确和恰当的结论。伊安·康贝博士曾私下跟我说,我其实可以让类人社会知道我的存在。但我一定不会这么做。在我看来,这似乎是在引导下一步发生——也就是期待来自它们的反应。但它们要对我做什么或者说什么,才能让我这个不幸的造物主不感到羞愧难当,不感到痛苦万分?电费需要按季缴纳,总有一天我大学的领导会要求停止实验,也就是关闭机器,也就是世界末日。我会尽量推迟这一刻的到来。这是我唯一能做的事情,但并不是我认为值得骄傲的那种事情。这其实就是俗话说的迫不得已。我希望这些话不会让任何人胡思乱想。但如果有人这样做,那就是他的事了。

《宇宙演化新论》

阿尔弗雷德·泰斯塔教授在诺贝尔奖颁奖典礼上发表的演讲
摘自纪念文集《从爱因斯坦到泰斯塔的宇宙》
经出版方约翰威立国际出版公司授权出版

尊敬的国王陛下、女士们先生们：

我想借在这个特殊的地方发言的机会，向各位介绍一下导致新的宇宙图景产生的情况，这些情况以完全不同于以往的方式，指出了人类的宇宙地位。我并非要用这些隆重的话语介绍自己的研究，而是把它们献给已逝的人，我们获得这一消息应该归功于他。我提到他，是因为发生了我最不希望看到的事情：在当代人看来，我的研究掩盖住了亚里斯蒂戴斯·阿切罗波罗斯的工作的光芒，因此科学史学家伯纳德·威登塔尔教授，一位看似称职的科学史专家，最近在他的著作《作为博弈和阴谋的世界》中写道，阿切罗波罗斯的主要作品《宇宙演化新论》根本不是科学假设，而是文学幻想，连作者本人都不相信其真实性。同样，哈兰·斯蒂明顿教授在《博弈论的新宇宙》中表示，如果没有阿尔弗雷德·泰斯塔的著作，阿切罗波罗斯的思想就只是松散的哲学概念，就好比莱布尼茨的前定和谐世界，精密科学从来都没有被认真对待过。

所以有些人说，我把创造者自己都没有认真对待的思想当真了；其他人则说，我把一种纠缠于非科学哲学思辨的思想引入了自然科学的纯净水域。如此错误的判断需要做出解释，而我恰好能够给出这样的解释。阿切罗波罗斯的确是一位自然哲学家，而不是物理学家或宇宙演化学家，而且他并不借助数学阐述自己的思想。他的宇宙演化的直观形象与我的形式化理论之间也确实存在不少差异。但更为重要的事实是，阿切罗波罗斯可以在没有泰斯塔的情况下做得很好，而泰斯塔应将一切都归功于阿切罗波罗斯。这个差别并不算小。为了解释清楚这个差别，请各位一定耐心听我道来。

20世纪中叶，一批天文学家开始讨论所谓的宇宙文明问题，当时他们的研究对天文学来说完全是边缘化的。学术界将其视为几十个怪人的业余爱好,哪里都有不少这种怪人,科学界中也是如此。学术界并未积极反对寻找来自这些文明的信号,但同时也不承认这些文明的存在可能对我们观察到的宇宙造成影响。因此,如果哪位天体物理学家敢宣称脉冲星的辐射光谱或类星体能量学,抑或是星系核的某些现象与宇宙居民的故意活动有关,任何一个严肃的权威专家都不会认为这种声明是值得认真研究的科学假设。天体物理学和宇宙学对这类问题充耳不闻,而理论物理学的冷漠程度更甚。当时各个科学领域大概遵循以下模式:如果我们想要了解钟表的机制,那么了解它的齿轮和重锤上是否有细菌,对钟表机件的结构或运动来说毫无意义。细菌当然无法影响钟表的运动!当时人们正是这样认为的——智慧生命不能干扰宇宙机制的运动,因此研究这一机制时,应该完全忽略智慧生命可能存在于其中的可能性。

即使当时物理学界的某位巨擘相信宇宙学和物理学会发生大变革的观点,即发生一场与宇宙中智慧生物的存在有关的剧变,也只能在一个条件下:只有发现了宇宙文明,只有接收到他们的信号,并通过这种方式得到有关自然法则的全新信息,那么,以这种方式——但只能是这种!——地球的科学世界可能会发生重大变化。当时任何一位物理学界权威都不会相信,天体物理学革命能够在没有类似接触的条件下发生——甚至!——这种接触的匮乏，所谓"天体工程"的信号和征兆的完全缺失将要引发最伟大的物理学革命，并从根本上改变我们对宇宙的看法。

然而，亚里斯蒂戴斯·阿切罗波罗斯在许多杰出学者尚在人世之时，便发表了他的《宇宙演化新论》。在我还是瑞士大学数学系的博士生时，他的书就落到了我的手上。阿尔伯特·爱因斯坦曾在我读书的那座城市做专利局职员，并利用业余时间建立了相对论的基础。我能读到这本书是因为它被翻译成了英文，但翻译水平极差，此外，这本书还被出版社列入科幻小说系列，这家出版社专门出版这类小说。我很久以后才知道，原文因为翻译的原因几乎被缩减了一半。一定是这个版本的种种情况（阿切罗波罗斯对此无能为力）造成了那个判断，即在创作《宇宙演化新论》时，作者自己都没有认真对待其中的论点。

恐怕在当今这个匆匆忙忙、瞬息万变的时代，除了科学史学家和传记作家之外，没人会去捧读《宇宙演化新论》。受过教育的人知道作品的标题还听说过作者，仅此而已。这种人让自己错失了一次非凡的经历。依然历历在目的，不仅有21年前阅读的《宇宙演化新论》的内容，还有随之而来的一切感受。那是一种特别的体验。从第一次把握作者的概念意图的那一刻起，从重写的宇宙—博弈思想与其看不见的、永远彼此陌生的博弈者一起浮现在读者的脑海中的那一刻起，一种印象便在读者心里挥之不去，即自己正在面对一些令人惊叹不已的新事物——同时认为它是一个剽窃来的复制品，被翻译成了自然科学的语言，最古老的神话的语言，构成人类历史不可渗透的基石的神话的语言。我认为，这种令人感到不快甚至折磨的印象，源于我们认为一切物理学和意志的综合对理性的头脑而言都是不可取的，甚至是肮脏的。因为所有远古的宇宙神话都是意志的投射。这些神话以庄严的口吻和人类失乐园式的天真语气，揭示了存在如何从被赋予各种化身和形式的创世元素的斗争中产生，揭示了世界如何从神与动物、神与灵或超人的爱恨交织中诞生，并带来了一种怀疑，认为冲突正是拟人论在宇宙奥秘空间的最纯粹投射，而把"物理学"带入"欲望"是作者使用的原型——这种怀疑再也无法消除。

很明显这样的《宇宙演化新论》就成了《宇宙演化旧论》，而试图用经验主义的语言对其进行解释就如同乱伦一般，试图把无权结合在统一关系中的概念和分类联系起来，是一种浅薄的无能的结果。这本书当时传到了几位杰出的思想家手中，在听到不止一个人说过之后，现在我才终于知道，人们是如何阅读这本书的：带着气愤，带着恼怒，轻蔑地耸着肩，可能没有一个人读到结尾。我们不应该对这种先入为主和这种偏见的惯性过于愤慨，因为有时候这件事看起来的确非常愚蠢：用陈述事实般枯燥的语言向我们展示伪装成物质存在的蒙面神灵，同时还称自然法则是它们冲突的结果。结果我们瞬间被剥夺了一切，既被剥夺了信仰，其无上完美的超然存在，又被剥夺了科学，其可靠的、世俗的、客观的严肃性。最终我们一无所有——所有起始概念在两边都毫无用处，让人感觉遭到了野蛮的对待，在既非宗教又非科学的神秘活动中遭到劫掠。

我无法描述这本书在我头脑中造成的破坏。当然，学者的义务就是做科学上的怀疑论者，可以质疑科学的任何主张，但不能同时对所有主张表示怀疑！阿切罗波罗斯拒绝承认自己的伟大，可能不是故意的，但收效甚佳！他是一个不为人知的小国子民，无论是在物理学领域，还是在宇宙学领域，他都并不代表可靠的专业水准；最为登峰造极之处就是他没有任何前人——这在历史上可是闻所未闻，每一位思想家、每一位精神革命家都有一些导师，他们青出于蓝而胜于蓝。但这个希腊人自成一派，他的一生都证明了先驱必定承受孤独。

我未曾认识过他，也对他知之甚少。他从来不把如何糊口放在心上。33岁时已是哲学博士，写完了《宇宙演化新论》的初版，却无处可以发表。面对思想的失败、生活的失败，他淡然处之，在意识到一切都是徒劳之后，他很快就放弃了发表《宇宙演化新论》。凭借研究古代民族宇宙论比较的优秀论文获得哲学博士学位后，他留在本校担任门卫。他曾一边以非全日制形式学习数学，一边担任面包师助手，后来还做过司机。跟他接触过的人都没听他提起过《宇宙演化新论》的只言片语。他很神秘，好像对亲人和自己都冷若冰霜。正是这种讲述极其亵渎科学和信仰的东西时的冷酷，这种异端邪说，这种源于智力勇气的普遍亵渎，赶走了所有读者。我想他在接受英国出版商的提议时，就像流落在无人荒岛上，把装有求救信号的漂流瓶扔向大海一样；他想为自己的思想留下印记，因为他对其真实性确信无疑。

尽管糟糕的翻译和盲目的删节严重削弱其可读性，但《宇宙演化新论》仍是一部了不起的作品。阿切罗波罗斯在书中推翻了一切，推翻了几个世纪以来科学和信仰建立起来的一切的一切。他创造了一片自己的沙漠，上面散落着破碎的概念碎片，这是为了从头开始，也就是重新建立宇宙。这种可怕的景象引起了防御性反应：必须承认作者要么是一个不折不扣的疯子，要么是一个彻头彻尾的傻子。他的学术头衔并不能让人信服。这样离他而去的人重获了精神上的平衡。我和其他所有《宇宙演化新论》的读者之间的唯一区别就是我做不到这样。没有彻底抛弃这本书——从第一个字读到最后一个字——的人，会茫然自失，永远无法摆脱它。中间状态或许存在，但这里肯定没有这种状态，如果既不是疯子，也不是傻子，那就一定是天才。

同意这种诊断可并非易事！文字不停在读者眼中闪烁：不难

发现冲突的母体，即博弈，是所有尚未完全抛弃摩尼教元素的宗教信仰的形式骨架——哪里有毫无此种痕迹的宗教呢？我的志向所在和职业身份都是数学家，是阿切罗波罗斯让我成为一名物理学家。我可以完全肯定，如果不是这个人，我与物理学的任何关联都将总是松散的、随机的。他使我发生了转变；我甚至可以在《宇宙演化新论》中指出让我转变的地方。那是这本书第六章的第17段，那一段讲述了牛顿之流、爱因斯坦之流、金斯之流、爱丁顿之流对数学可以把握自然法则的惊讶，惊讶于数学这一纯粹的精神逻辑工作的成果可以与宇宙相匹敌。这些伟人中的一些人，比如爱丁顿、金斯，认为造物主就是数学家，而且我们可以在其创造的作品中发现他们的这一特点。阿切罗波罗斯指出，理论物理学已经将这种着迷阶段抛诸脑后，因为人们注意到数学形式对世界的揭示要么太少，要么过犹不及。数学是宇宙结构的近似，永远不会一针见血、一箭中的，永远差之毫厘。我们认为这种事态是暂时的，他却回答说：物理学家未能创建统一场论，无法将宏观和微观现象结合起来，但这些将来会实现的。世界和数学会发生重合，并不是因为数学工具会经历进一步的重建，绝不是这样。当创造性工作结束时，就会发生重合，而这项工作仍在进行之中。自然法则尚且不是它们"应有"的样子；它们会变得如此，不是因为数学的完善，而是因为宇宙的适当转变！

女士们、先生们,我这辈子见到的最大的异端邪说令我着迷。阿切罗波罗斯在这一章后面如是说:恰到好处,是因为宇宙的物理学是它的——也就是宇宙的——社会学的结果……要正确理解这句骇人听闻的话,我们必须回到一些基本问题上。

在理性的历史中没有什么能与阿切罗波罗斯思想的孤独相比。如我之前所言,《宇宙演化新论》的理念虽然看似剽窃,却与所有形而上学体系决裂,脱离自然科学的所有方法。剽窃的印象其实是读者的问题:读者的思想惯性。我们下意识地认为整个物质世界严格遵循一种逻辑二分法:要么世界是由某人创造的(这时站在信仰的立场上,我们将这个"某人"称为绝对、上帝、第一精神),要么世界不是由任何人创造的,这也就是说,正如我们科学家看待世界一样——没有人创造了世界。阿切罗波罗斯说:有第三种可能[①]。世界不是由任何人创造的,却是被创造出来的——宇宙拥有一群创造者。

为什么阿切罗波罗斯前无古人呢?他的基本思想其实很简单,即使博弈论或冲突结构代数等学科还没出现,也有办法将其表述出来。在19世纪上半叶甚至更早的时候,就已经可以提出它的根本思路了。那么为什么没有人这样做呢?我推测,这是因

---

① 原文为拉丁文,Tertium Datur。其否定形式tertium non datur,直译为"没有第三种可能",即逻辑学中的排中律。

为科学在摆脱宗教教条的束缚，自我解放的同时，患上了独特的概念过敏。科学与信仰在最初发生冲突之时，产生了人们熟知的可怕后果，教会至今仍为此感到羞愧，即使科学已经默默原谅了他们过去的迫害。最终，科学和信仰之间出现了一种谨慎的中立状态：双方尽量井水不犯河水。这种略为敏感、颇为紧张的共存的后果就是科学的盲目——明显错过了《宇宙演化新论》的思想所在之处。与这一思想紧密相关的概念是意向性，也就是与上帝的信仰不可分割的概念，因为这是它的基石。毕竟根据宗教的说法，上帝是通过意志和故意行为，也就是意向性行为创造的世界。科学则认为这一概念是可疑的，甚至应该被禁止。它成了科学的禁忌。在科学的领地里，人们不能提及只言片语，生怕犯下非理性偏差的死罪。这种恐惧不仅封住了学者的嘴，也封住了他们的大脑。

现在我们再次从头讲起。在20世纪70年代后期，沉默的宇宙之谜开始变得小有名气。公众广泛对此颇感兴趣。在第一次初步尝试获取太空信号（这些是德雷克在绿岸的工作）之后，还有其他项目出现——在苏联和美国都有开展。但是，宇宙在最精妙的电磁装置监听下依然顽固地保持着沉默，仅仅充满了恒星能量元素放射的噪声和噼啪声。宇宙在所有深渊里同时显露出一片死寂。没有来自"他者"的信号，同时也不见他们"天体工程学成就"的踪影,这让科学备受煎熬。生物学发现了有利于从无生命物质中诞生生命的自然条件,甚至成功在实验室中完成了生物创造。天文学已经发现了行星产生的频率,正如人们已经确知的那样,许多恒星都拥有行星系。因此科学界一致认为,生命是在宇宙的自然变化过程中诞生的,它的进化应该是宇宙的普遍现象,并且有机生物的思维将自然规律认作进化之树的顶端。

因此,科学描绘出宇宙拥有居民的景象,但同时观测到的事实始终与这些主张相互矛盾。理论上地球被大量的文明围绕着——虽然它们的间距是恒星级的,而根据实际观测,我们的周围却是一片死寂。这一问题的首批研究人员推测,两个宇宙文明之间的平均距离为50~100光年,后来这个假定的距离又增加到1000光年。在70年代,射电天文学已经发展完善到可以搜索来自数万光年之外的信号,但那里也只有太阳火焰的噪声。在17年的不断监测中,人们没有发现任何信号或任何迹象来支撑宇宙背后有一个理性意图的假设。

阿切罗波罗斯则说:事实一定正确,因为它们是认识的基础。会不会所有学科的所有理论都是错误的——有机化学、合成生化学、理论生物学和进化生物学、行星学、天体物理学——统统是错的?不,不可能全都错了,也不可能错误至此。所以我们观察到的事实(或我们未观察到的)显然与理论毫不矛盾。我们需要的是对数据的集合和概括起来的理论集合的重新解释。他所做的正是这样的综合总结。

在20世纪，地球科学不得不多次更正宇宙的年龄和大小。变化的方向始终是一致的：无论是宇宙的年龄还是大小都被人们低估了。当阿切罗波罗斯着手写作《宇宙演化新论》时，宇宙的年龄和大小又被进一步修改，人们估计宇宙的存续时间至少为120亿年，其可见范围为100亿~120亿光年。而太阳系的年龄大约是50亿年，因此它不属于宇宙诞生的第一代恒星。第一代恒星产生的时间还要早得多，大约是在120亿年前。谜底就在第一代太阳出现和后几代太阳出现的时间间隔中。

结果，发生了一件既奇怪又好笑的事情。一个发展了数十亿年的文明（"第一代"文明就是要比地球文明老这么多！）是什么样子、做些什么、有什么目的，即使在荒诞不经的梦里，这些东西也没有人能说得清楚。没有人能够想象的事情，会让人感到非常不适，所以它就会被完全忽视。实际上任何研究宇宙灵生代问题的学者都未曾为如此久远的文明写下只言片语。最勇敢的那些人时不时会说，或许类星体、脉冲星是最强大的宇宙文明活动的表现。但简单的计算表明，地球如果按现在的速度发展下去，要再过几千年才能让"天体工程学"活动达到如此登峰造极的水平。然而之后会发生什么呢？存续时间长出上百万倍的文明会做什么呢？研究这类问题的天体物理学家认为，这样的文明什么都不做，因为它们根本不存在。

它们发生了什么？德国天文学家塞巴斯蒂安·冯·霍尔奈尔认为，它们全都自杀了。既然哪里都看不见它们，那或许真是如此！但阿切罗波罗斯说，不是这样的。哪里都看不见它们？是我们没有注意到它们，因为它们已经到处都是了。这并不是在说它们，而是它们的劳动成果。120亿年前，当时辽阔的空间还是一片死寂，第一批生命的种子就在其中萌发，出现在第一代恒星的行星上。可是亿万年后，宇宙的初始成果没再产生任何东西。如果我们将积极的智慧生物改造过的东西看作"人造的"，那我们周围的整个宇宙就也是人造的了。如此大胆的邪说立刻遭到了反对：我们当然知道"人造的"物体是什么样，它是从事工具性劳动的智慧生物制造的！航天器在哪里，巨星机器在哪里？简言之，应该围绕着我们、应该构成星空的生物们的强大技术在哪里？但这是思维惯性引起的错误，阿切罗波罗斯认为只有处于胚胎阶段的文明——比如地球文明——才需要工具性技术。一个拥有十亿年历史的文明不使用任何工具。它的工具就是我们所说的自然法则。物理学本身就是这种文明的"机器"！而且不是"成品机器"，没有这种东西。这个"机器"（当然与机械毫不相干）已经发展了数十亿年，它的构造虽然极其先进，但还未完工！

无耻的亵渎、惊人的反叛，直接使读者摒弃阿切罗波罗斯的书——肯定许多人都是如此。然而，这只是作者这个科学史上最大的异端离经叛道的第一步。

阿切罗波罗斯消灭了"自然"（自然的产物）和"人造"（技术的产物）之间的区别，甚至消除了规定法则和自然法则之间的绝对差异……他否认"将任意物体按照来源分为人造的和自然的"这一原则是世界的客观属性。他认为这一判断是思想的根本偏差，是由一种被他称为"概念视野的闭合"的效应引起的。

他说，人类观察自然，并向自然学习如何行动——人类仔细观察天体坠落、闪电、燃烧过程——自然永远是老师，而人类永远是学生。过了一段时间，人类开始模拟自己身体内的各种过程。生物学开始为他辅导，但即便如此，人类依然像穴居人一样，认为自然是各种解决方案的完美极限状态，认为有朝一日，总有一天，他能在行动的完美程度上追上自然，但这将会是道路的尽头。不可能更进一步了，因为这些作为原子、太阳、动物的身体、人类的大脑所存在的东西，在结构上是无法达到永恒的。因此，自然是"人造"重复和修正的一系列工作的极限。

阿切罗波罗斯说，这就是视野的错误，或者说是"概念视野的闭合"。"自然的完美"这一概念本身就是一种错觉，就像铁轨在地平线上汇聚起来的画面一样。自然的一切都可以改变，当然，要拥有改变所需的知识。可以控制原子，然后改变原子的属性，但这时最好不要考虑，这些工作的"人造的"成果是否会比以前那些"自然的""更完美"。它会依照行动各方的计划和意图完全成为另一个东西，会"更好"即"更完美"到完全按照思想的意图塑造。可是宇宙物质在完全重构之后，还能表现出什么"绝对优势"呢？可以有"各种自然"和"不同宇宙"，但成为现实的只有一种特定的变体，就是诞生了我们的那个变体，就是我们存在其中的那个变体；仅此而已。所谓的"自然法则"仅仅对"胚胎时期"的文明，比如对地球文明来说是不可侵犯的。在阿切罗波罗斯看来，这条道路是从发现自然法则的层次通往能够制定这种法则的层次。

这就是数十亿年来已经发生且正在发生的事情。现在的宇宙不再是盲目产生和毁灭太阳或其系统的原始自然力的竞技场；不会再有类似的情况了。现在应无法区分宇宙中什么是"自然的"（原始的）、什么是"人造的"（加工的）。是谁完成了这些宇宙起源工作？是第一代文明。是怎样做到的？我们不知道，我们的知识太浅薄了。那么，我们从何能够、凭什么能够判断事实就是如此呢？

阿切罗波罗斯回答说，如果第一批文明从一开始就像宗教想象的宇宙造物主一样行动自由，那么我们确实永远无法辨别已经发生的转变现象。毕竟按宗教的说法，上帝是通过纯粹的意志行为完全自由地创造了世界。但理性的立场则不同，文明的出现受到孕育了它们的原始物质属性的限制，这些属性决定了它们接下来的行动，通过这些文明的行为方式，可以间接地认识到灵生代宇宙起源的起始条件是什么。这并不是容易的事情，因为无论发生过什么，文明在改造宇宙的过程中都不是一成不变的；作为宇宙的一部分，如果不和它互相接触，就无法改变它。

阿切罗波罗斯使用了这样的观念模型：当我们把细菌菌落放进琼脂培养基时，可以立刻区分原始的（"自然的"）琼脂和这些菌落。然而随着时间的推移，细菌的生命过程会改变琼脂的环境，将一些物质引入其中，并吸收其他物质，从而改变基质的组成、酸度和浓度。而这些变化的结果——琼脂获得了新的化学机理——会导致新菌种的出现，这些新品种与亲代相比已经面目全非，它们只不过是"生化博弈"的产物，这种博弈同时发生在所有菌落和基质之间。如果早期的细菌没有改变环境，那些后期的菌种就不会出现，所以后期菌种是博弈本身的结果。同时，各个菌落之间不需要直接接触；它们只能通过渗透、扩散、基质中酸碱平衡的变化相互影响。可以看到，最初出现的博弈有消失的趋势——因为它正在被质量上全新的、最初不存在的博弈形式取代。只要用原始宇宙代替琼脂，用原始文明代替细菌，就能得到宇宙演化新论的简化形象。

从历史上累积的知识来看，我刚才所讲的东西完全是错误的。但是没有什么能够阻止我们对任何假设进行思想实验，只要逻辑前后一致即可。因此，当我们接受宇宙博弈的观点时，就会出现许多问题，这些问题的答案需要做到前后一致。这些问题都是关于初始状态的，尤其是我们能否做出一些针对它的推断？我们能否推断出博弈的起始条件？阿切罗波罗斯认为这是可能的。原始宇宙必须具备特定的属性，才能让博弈在其中出现。比如它必须能够让第一批文明在其中出现，所以它不是物理上的混沌，而是服从某种规则。

然而，这些规则不必是普遍的，即不必是到处都相同的。原始宇宙在物理上可以是异质的，可以是各种形式的物理学的混合体，在每个地方都不相同，甚至在每个地方都是同样限定的（未被限定的物理规则下发生的过程，并不总以相同方式进行，尽管它们的起始条件可能类似）。阿切罗波罗斯假设原始宇宙在物理上是"拼凑的"，而文明只能在相距很远的几处地点出现。阿切罗波罗斯把原始宇宙在物理上的对应想象成蜂房；蜂房中的巢室相当于原始宇宙中暂时稳定的物理的区域，然而它又与相邻区域的物理不同。每一个在这种封闭中，在相互隔绝中发展的文明可能都会认为，自己在整个宇宙中是孤独的，而随着能量和知识的增长，它试图让周围的环境稳定，且影响的半径越来越大。在这种努力成功之后，在很长一段时间之后，这种文明会通过自己的"离心工作"开始接触到一些现象，这些现象不再只是周围时空的自然属性，而是其他文明的工作体现。在他看来，博弈的第一阶段也就是初始阶段就这样结束了。文明之间并不直接接触，而仅仅总是一个文明建立的物理学在扩张的过程中遇到邻近文明的物理学。

这些物理学无法在没有碰撞的情况下相互穿越，因为它们并不相同；而它们并不相同，是因为每个独立出现的文明的存在起始条件也不相同。阿切罗波罗斯认为，各个文明肯定在很长一段时间里都没有意识到，它们不再通过自己的工作渗透到完全中立的物质元素中，而是接触到被故意启动的行为领域——其他文明。这种情况逐渐被理解。这些一定没有同时发生的理解，开启了博弈的下个阶段，即第二阶段。为了让这一假设可信，阿切罗波罗斯在《宇宙演化新论》中给出了一系列幻想场景，描述主要法则各不相同的物理学在宇宙中相互冲突的时期，而它们冲突的前线喷发出巨大的火焰，在各种形式的湮灭和转化中释放出大量的能量。这碰撞非常剧烈，它们的回声直到今天仍在宇宙中回荡——以所谓的残余（遗留）辐射的形式回荡，天体物理学在60年代发现了它们，并推测它们是宇宙在诞生节点爆炸时引起的冲击波。当时许多人认为这种爆炸创世模型是可信的。但亿万年之后这些文明都各自发现，他们不是在与自然元素对抗，而是不知不觉在与其他文明对抗。因为没有信息可以从一个物理领域发送到另一个领域，所以根本无法交流和缺乏与他人联系的事实，决定了他们后续的策略。

于是，每个文明都必须单独行动，延续之前的战术是毫无意义甚至是致命的。与其在正面冲突中浪费精力，不如团结起来，但没有任何初步协议。这种决定再次未能同时做出，最终导致博弈进入第三阶段，这一阶段目前仍在进行。实际上，宇宙中的全部灵生代群体都在进行团结和规范的博弈。这个群体里成员的行为，就像在暴风雨中向惊涛骇浪上倾倒橄榄油的船员；尽管他们没有就这一行为达成一致，但毕竟这对所有人都有利。每个博弈者都会依照极大极小策略行动：改变现有条件，使共同利益最大化并使损失最小化。所以，现在的宇宙是同质的、各向同性的（受到相同的法则支配，且没有特别挑选出的方向）。爱因斯坦在宇宙中发现的属性是单独决策的结果，但这些决策因为博弈者的情况相同而相同，博弈者最初的策略情况相同，而物理情况不必相同。博弈策略并不是从同种物理学中产生的。恰恰相反，正是同样的极大极小策略催生了唯一的物理学。宇宙造物，因之受益。

女士们、先生们，据我们所知，阿切罗波罗斯的观点符合现实的大致轮廓，尽管其中包含一系列简化和错误。阿切罗波罗斯假设相同类型的逻辑可能出现在不同的物理学中。如果在"宇宙巢室"A中诞生的文明A1与在"巢室"B中出现的文明B1拥有不同的逻辑，它们就不能都使用相同的策略，也不能将它们的物理学统一。于是他就假设不同的物理学可以引起唯一逻辑的产生——否则它便无法解释宇宙中发生了什么。这个直觉中有一定的道理，但事情远比他想象得复杂。我们从他那里继承了重构博弈策略的计划，以当前的物理学为出发点，通过"逆向操作"，我们试图了解是什么让物理学作为博弈者的决策出现的。不能把事件的进程想象成线性序列——原始宇宙决定了博弈，而博弈又决定了当前的物理学——为这项任务带来了阻碍。改变物理学的人也因此改变了自己，即在转换环境和自我转换之间建立了一个反馈机制。

博弈的主要危险导致参与者进行了一系列战术演习，他们必定是意识到这种危险了。他们努力实现转变，但不是普遍激进的转变——也就是为了避免相对主义，他们创造了层级物理学。层级物理学是"非完全的"：毫无疑问，即使物质在自己的原子层面不具备量子属性，力学依然不会受到干扰。这意味着现实的各个"层次"都拥有有限的主权，也就是说，特定层次并非必须保留所有法则，才能让下一层次出现在它之上。这意味着物理学可以"一点儿一点儿"改变,并不是一组法则的每一个改变都等于整个物理学在现象的所有层次上的改变。博弈者的这类困难,让阿切罗波罗斯所描绘的简单而美丽的博弈图景(三段式历史)不再可能实现。阿切罗波罗斯推测,在博弈过程中发生的各种物理学的"相互碰撞"一定已经消灭了一些参与者,因为并非所有初始状态都被化简为一。毁灭处境不利的伙伴的意图完全不必引发其他博弈者的行为。谁生谁灭是由纯粹的偶然决定的,不同文明按照随机原则被赋予各种不同的环境。

阿切罗波罗斯认为,各种物理学在这些残酷"战斗"中碰撞,这些战斗最后的战火我们依然能够看到,其形式为释放出1063尔格左右能量的类星体,任何已知的物理进程在类星体占据的如此狭小的空间中都无法释放出这样的能量。他想,看着这些类星体,我们将目睹50亿~60亿年前,在博弈的第二阶段发生的事情,因为光从类星体到达我们这里刚好要这么多时间。他的这些假设是错的。我们把类星体看作另一类现象。需要理解的是,阿切罗波罗斯当时没有数据能够让他修正这些观点。完全重构初始博弈策略对我们来说是不可能的,我们只能回溯到博弈者行动的地方——粗略地说,和今天差不多。如果博弈具有迫使策略发生根本改变的临界点,那么回溯就不能再退到第一个这样的临界点之后。因此,我们无法确知博弈发出的有关原始宇宙的任何信息。

然而，当我们审视现在的宇宙时，会在其结构中发现博弈者所使用策略的主要原则。宇宙永远在膨胀；它具有临界速度，即光障；它的物理法则虽然是对称的，但并不是完美的对称；它的结构是"凝聚性的和层级性的"——由聚集成星团的恒星组成，这些恒星又形成星系，星系成群聚集在一起，最后所有这些星系群组成超星系。此外，宇宙拥有完全不对称的时间。这就是宇宙构造的基本特征。对于其中每一点，我们都能在宇宙起源博弈的结构中找到深刻的解释，博弈同时让我们理解，为什么它的一个主要原则必须是服从"沉默的宇宙"。那么为什么宇宙恰恰是这样安排的呢？博弈者知道，在恒星演化的过程中会产生新的行星和新的文明，所以他们要确保未来博弈者的这些候选者，也就是年轻的文明，不能打破博弈的平衡。所以宇宙才会膨胀：只有在这样的宇宙中，即使新的文明不断在其中出现，它们之间的距离仍然是一个常数。

如果膨胀中的宇宙没有内置屏障，限制远程行动速度，那么引起"阴谋"、让新的博弈者结成局部联盟的协议在这种宇宙中仍然可能发生。让我们想象一个宇宙，其物理学允许行为的传播速度与投入的能量成比例地增加。在这样的宇宙中，拥有比其他所有人都大了五倍的能量的人，可以用快五倍的速度得知他人的状态，并同样以这种优势对他们施加打击。在这样的宇宙中，出现了垄断控制其物理学和博弈中所有参与者的机会。在某种程度上，这种宇宙鼓励竞争，鼓励激烈的对抗，鼓励成长为强者。然而，想要在现实的宇宙中超越光速，需要无穷大的能量，换句话说，这个屏障根本无法突破。

因此，在现实的宇宙中积聚能量并不划算。时间流逝的不对称也是相似的理由。如果时间是可逆的，且如果通过足够的资源和能量投入能够实现逆转，那么我们又可以主宰其他参与者，因为有机会取消他们的每一个动作。所以，无论是不膨胀的宇宙，还是没有速度屏障的宇宙，还是时间可逆的宇宙，都不允许博弈完全稳定。重点在于规范地让其稳定：博弈者融入物质结构的运动就在于此。显然，通过确立的物理学战胜所有摄取和所有侵略，是一种比所有其他保护措施（例如通过规定的法则、威胁、监督、胁迫、限制、惩罚）更加稳妥、更加激进的手段。

结果，宇宙成了一块吸收板，吸收所有成长到博弈层次，能够完全参与其中的人。他们遇到了必须遵守的规则。博弈者废除了语义连接，因为他们进行交流时使用的方法可以防止违反博弈规则：物理学规定的统一本身就证明他们已经达成一致。博弈者废除了有效的语义连接，因为他们在彼此之间创造并维持了这种距离，让获得关于其他博弈者状态的重要战略信息所需的时间总是大于当前博弈战术的有效时间。因此，如果任何一个博弈者与相邻的博弈者"交谈",他们得到的消息在接收的那一刻就已经过时。所以,宇宙中不可能出现任何对抗团体、策划阴谋、建立地方权力中心、联盟、相互勾结,等等。这就是博弈者不互相交谈的原因:他们自己废除了它。这是让博弈以及宇宙演化稳定的原则之一。这是对沉默的宇宙部分谜题的解释。我们不能偷听博弈者的对话,因为他们出于战略考量保持沉默。

阿切罗波罗斯猜到了这个状态。《宇宙演化新论》还预测到这一博弈景象可能引发的控诉,这证明了他的严谨。这些反对意见主要强调投入数十亿年的辛劳重建整个宇宙与重建的效果完全不成比例,而重建的目标是利用内置于宇宙中的物理学制服宇宙。怎么会呢——他想象出的批评家说——几十亿年的文化发展还不足以让如此长寿的社会自发地放弃一切形式的侵略,而宇宙和平必须靠专门为此改造的自然法则保障吗?所以,用超过数百万星系当量的能量来衡量的努力,仅仅是为了建立一个屏障和对军事活动的限制吗?他回答说:制服宇宙的物理类型必须在博弈时诞生,因为只有唯一一个策略可以使宇宙在物理上同质化;否则,浩瀚无边的宇宙就会被盲目的天灾的混沌吞噬。原始宇宙中的生存条件要比今天严酷得多,生命可以作为"规则的例外"在其中出现,并且随机出生,随机死亡。不断膨胀的超星系、它的不对称的时间流逝、它的结构层级——这一切都必须在最初就确定下来；这是为创作后续工作场地所需的最基本的秩序。

阿切罗波罗斯领悟到，既然这个转变阶段构成了存在的历史，博弈者面前应该有一些新的长期目标，他想要找到这些目标。可惜他失败了。在此，我们触碰到隐藏在他体系中的破绽。阿切罗波罗斯试图不通过重构博弈的形式结构来把握博弈，即不从逻辑上把握，而是通过将自己置于博弈者的位置上，即从心理上把握。然而，人类无法理解自己的心理，就像无法理解自己的道德准则一样。他没有这方面的数据；我们无法写出他们的想法、他们的感受、博弈者的渴望，就像无法通过猜测"作为电子存在"的意义来构建物理学一样。

对我们来说，博弈者存在的内在性就像电子存在的内在性一样遥不可及。虽然电子是物质进程的死粒子，博弈者是一个智慧生物（大概和我们一样），但这无关紧要。我提到阿切罗波罗斯体系的破绽，是因为阿切罗波罗斯在《宇宙演化新论》中的某处明确宣称，无法通过反省重现博弈者的动机。他知道这一点，却还是屈服于塑造了他的那种思维方式，因为哲学家试图先理解，再概括；但我从一开始就明白，不能这样创造博弈的模型。理解的观点需要假定一个从外部观察整个博弈的视角，即从不存在且永远不会存在的观察者的视角。意向性行为完全不必等同于心理动机。博弈分析师不应该考虑博弈者的道德，就像研究战争期间前线运动的战略逻辑的战争史学家不需要考虑军事指挥官的个人道德一样。博弈的情形是一种决定性的结构，受到博弈状态和环境状态的制约，而不是各个博弈者表明的个别价值准则、意愿、欲望或规范的合量。他们参与相同的博弈完全不意味着他们必须在所有其他方面都相似！他们的相似性完全可以像是人与下棋的机器的相似性，所以完全不能排除，既存在非生物发育过程中产生的生物学意义上已经死亡的博弈者，又存在人工引发演化的合成产物的博弈者——但对这些性质的研究无权进入博弈论领域。

沉默的宇宙是阿切罗波罗斯最大的难题。他有两条法则众所周知。第一条法则是，任何低级文明都不能发现博弈者，因为他们不仅沉默，他们的行为在宇宙背景下也毫不突出，这是因为它就是那个背景。

阿切罗波罗斯的第二个法则说，博弈者不会向年轻文明发送带有关爱和支持性质的信息，因为他们无法明确这种信息的接收地址，而又不想以没有明确地址的方式将它们发送出去。想要发送带有接收地址的信息，首先需要了解接收者的状态，而恰恰是博弈的第一条法则为时空行动设置了屏障，给这件事造成了阻碍。正如我们所知，获取来的每一条信息（有关其他文明状态的信息）在被接收的那一刻，就已经是完全过时的消息。建立起屏障之后，博弈者也让自己无法了解其他文明的状态。而发送没有明确地址的消息总是弊大于利。阿切罗波罗斯用他做过的实验证明了这一点。他拿了两叠纸，在一叠纸上列出60年代的最新科学发现，在另一叠纸上写下一个世纪内（1860—1960年）的万年历日期。然后，他一对一对地抽出纸片，纯粹凭运气把有关科学发现的信息和日期配对，这就是在模仿无地址发送消息。事实上，这种传播很少能给接收者带来积极的价值。在大多数情况下，抵达的信息要么无法理解（1860年的相对论），要么无法使用（1878年的激光理论），要么完全有害（1939年的原子能理论）。因此，博弈者们保持沉默，因为根据阿切罗波罗斯的说法，他们祝福年轻的文明。

这种论证涉及伦理学，这让它不再可靠。文明在工具和科学上越发达，就必须在伦理上越完善——这样的论断立刻从外部被引入博弈论中。但宇宙演化博弈论不可以这样构建；要么博弈的结构不可避免地导致沉默的宇宙，要么博弈的存在本身需要受到质疑。特别补充的假设无法挽救其可信度。

阿切罗波罗斯意识到了这一点：这个问题给他造成的困扰，远超他经历过的所有漠视。他又给"道德假设"加入了其他假设，但再多的弱假设，也无法取代一个强假设。说到这里，我必须要谈谈自己。作为阿切罗波罗斯的后继者，我都做了什么？我的理论来源于物理学，围绕着物理学——但它本身不属于物理学。当然，如果从这一理论得出的仅仅是我引入该理论的那个物理学，那它就是一个毫无价值的同义反复游戏了。

物理学家至今都像是一个观棋者，他已经知道每个棋子如何移动，但并不认为这些棋子会朝着某种目标移动。宇宙演化博弈的玩法与国际象棋不同：规则发生变化，所以落子规则、棋子和棋盘也会发生变化。所以我的理论不是对自诞生以来一直进行着的整个博弈的重构，而只是对其最后部分的重构。我的理论，只是整体的一个片段，是基于对国际象棋的观察重新创造的后翼弃兵原则。熟悉后翼弃兵原则的人都知道，牺牲有价值的棋子是为了之后获得更有价值的东西，但不需要知道将死意味着最大的胜利。从我们掌握的物理学中，无法推导出一个连贯的博弈结构，甚至连其中的一部分也不可能。直到我循着阿切罗波罗斯的完美直觉，假设当前的物理学需要"补充"时，我才重新创建正在进行的博弈的方针。这一行为是极其异端的，因为科学的首要前提是世界的法则是"完备"和"已完成"的这一论断。而我却假设，当前的物理学是特定转换的道路上的过渡阶段。

所谓的"万能常数"根本就不是恒定的。比如玻尔兹曼常数，它并不是不变的。这意味着，尽管宇宙中任何初始秩序的最终状态都是无序，但混乱增加的速度可能会受到博弈者的影响而发生变化。似乎（这只是假设，而不是由理论得来的推论！）博弈者通过非常残酷的方式创造了时间不对称，好像有些匆匆忙忙（当然是在宇宙的尺度上看）。这种残酷在于它们让熵增的梯度非常陡峭。他们利用混乱增加的强烈倾向在宇宙中建立起唯一的秩序。虽然从现在开始一切都会从有序奔向无序，但这一景象在整体上却是同质的，服从一个原则，从而进入总体平稳的状态。

很早以前，我们就已经知道微观世界的过程基本上是可逆的。这一理论催生了一件不同寻常的事情：如果地球科学在基本粒子的研究上投入的能量增加1019倍，那么作为对事物状态的发现的研究就会变成对这种状态的改变！我们不再是了解自然法则，而是会稍微改变自然法则。

这是一个敏感地带，是目前宇宙的物理学的阿喀琉斯之踵。目前微观世界是博弈者建设活动的主要场所。他们让它变得不稳定，并在某种程度上控制着它。我认为，他们将物理学某些已经确定的部分再次抛弃。他们做出修正，使用早已冻结的法则。所以他们保持沉默，也就是"战略沉默"。他们不告诉"旁人"自己正在做些什么，甚至不会告知他们博弈正在进行中。毕竟，知晓博弈的存在，会让整个物理学处于全新的视角下。博弈者通过保持沉默来避免不必要的干扰、干预，并且一定会继续保持沉默，直至工作结束。这个沉默的宇宙会持续多久？我们不知道，但估计至少要一亿年。

所以，宇宙因为物理学的缘故，正处在十字路口。博弈者进行规模如此宏大的重建，目的是什么？我们也不知道。这个理论仅仅表明玻尔兹曼常数将与其他常数一起减小，直至达到博弈者需要的某个特定值——但我们不知道其目的何在。就像已经理解后翼弃兵原则的观棋者一样，他大可不必理解这一步棋在整个棋局中的作用。我接下来要说的内容已经超出了我们知识的最后边界。近年来提出的各种各样的假设让我们感到目不暇接。鲍曼教授的布鲁克林小组认为，博弈者想要关紧仍然"留在"物质中（基本粒子区域中）的"可逆现象的缝隙"。有些人声称，熵增梯度的减弱旨在让宇宙更好地适应生命现象，甚至博弈者的目的是让整个宇宙"灵生化"。这些假设在我看来都过于大胆，尤其是因为它们与人类中心论的某些想法类似。

整个宇宙正演变成"一个巨大的头脑"以实现"灵生化"的想法，是很多不同哲学学派和过去许多宗教信仰的中心思想。本·诺尔教授在《意向宇宙起源》中表示，离地球最近的几个博弈者（其中之一可能位于仙女座星云）并没有把自己的运动协调至最佳状态，因此地球仍处于"物理学振荡"区域。这意味着博弈论完全没有反映现阶段博弈者的战术，而只是反映了局部的战术和相当偶然的偏差。某位科普学者称，地球处在"冲突"区域中：两个相邻的博弈者通过"物理学定律的狡诈变化"进行了一场"游击战",这也解释了玻尔兹曼常数的变化。

有关博弈者"弱化"热力学第二定律的假设目前正大行其道。因此,我认为A.斯威仕院士的观点很有意思,他在《逻辑学和宇宙演化新论》中强调了物理学和逻辑学之间的关联的模糊性。斯威仕说,很可能熵的倾向减弱的宇宙会产生非常庞大的信息系统,这些系统会显得非常笨重。在几位年轻数学家的工作的基础上来看,这很有可能。他们认为,博弈者已经实现的物理变化可能导致了数学的变化,或者说得更清晰一些,导致形式科学中非矛盾系统的可构建性的转变。从这样的立场来看,哥德尔在其论文《有关系统的形式不可判定命题》中提出的著名证明,揭示了系统数学中可以达到的完美极限,这一证明并非普遍有效,即"对于所有可能的宇宙"有效,但对当前状态下的宇宙来说确是重要的(甚至以前,比如5亿年前,哥德尔的证明也无法进行,因为那时数学系统的可构建性定律与现在不同)。

我不得不承认,虽然我充分理解所有现在那些对博弈的目的、博弈者的意图、他们坚持的主要价值观等做出各种各样假设的人的动机,但我同时也为这许多往往不假思索的假设的不准确性甚至误导性感到不安。现在有些人把宇宙想象成一套公寓,可以在短时间内按住户的喜好重新布置。绝不可以对物理定律、自然法则持有这种态度。现实转变的速度在我们的生命尺度上看非常缓慢。我还得补充一句，关于博弈者本身的性质完全不是由此而来，例如他们的长寿甚至不朽。我们对此也一无所知。或许正如人们写的那样，博弈者根本就不是生物，不以生物学的方式出现；或许第一批文明的成员从远古时起就完全不再亲自参与博弈，而是将其交给某些巨大的自动机器——宇宙演化的舵手；或许很多开始博弈的原始文明已经不复存在，而他们的角色由自主运行系统填补，变成博弈伙伴的一部分。所有这些都有可能，而我认为这种问题在一年后或一百年后都不会得到答案。

尽管如此，我们还是获得了一定的新知识。知识总是更多地揭示行动的局限性而非力量。今天一些理论家认为，如果博弈者愿意的话，他们可以去掉海森堡不确定性关系强加给测量准确性的限制（约翰·科曼德博士认为不确定性关系是博弈者根据沉默的宇宙规则引入的战术演习，以保证如果本身不是博弈者，没人可以用不被欢迎的方式操纵物理）。即便不是这样，博弈者也无法去除物质法则的变化和思维活动之间的联系，因为它正是由物质构成的。可以将逻辑或元逻辑制定为"对所有可构建的宇宙"都有效——这样的观念是错误的，并且今天已经能够证明这一点。我个人认为，完全理解这一事态的博弈者遇到了麻烦，当然，这些麻烦远超我们的尺度和衡量标准！

如果意识到博弈者并非全知会使我们不安，因为它让我们意识到宇宙演化博弈的内在风险,那么这种反思也迅速让我们的生活状况更接近博弈者的状态——因为在宇宙中没有人是万能的。最高级的文明也是不见全貌的部分罢了。

罗纳德·舒尔在大胆猜测方面走得最远。他在《理性创造的宇宙:定律VS规则》中说:博弈者转化宇宙的程度越深,他们改变自己的程度就越大。这种变化导致了舒尔所说的"把记忆送上断头台"。的确,非常激进地改变自己的人,同时在某种程度上毁掉了自己对过去的记忆——在这一操作之前的过去。舒尔说,博弈者们获得不断增长的宇宙转化能力的同时,正在亲手抹去宇宙演化至今一路走来的痕迹。创造性全能在极限处会造成追溯直觉的瘫痪。如果博弈者试图赋予宇宙理性摇篮的属性,则会为此降低熵定律的力量;10亿年后,他们失去了对自己和前人的记忆,会把宇宙带到斯威仕所说的状态。解除"熵制动"后,生物圈会出现爆发式增长,许多不成熟的文明会过早加入博弈,并导致其崩溃。是的,博弈的崩溃导致混乱……在亿万年后,一个新的博弈者集体从中出现……重新开始博弈。因此,根据舒尔的说法,博弈是循环进行的,所以关于"宇宙的开始"的问题是没有意义的。这样的图景非同寻常,却也令人难以置信。如果连我们都能预测到崩溃的惨烈,就更不用说博弈者能做出什么样的预测了。

女士们、先生们,我已经提要钩玄地描绘出博弈的景象,博弈的参与者是相距数十亿秒差距且隐藏在星云中的智能体；我的简略是为了随后用大量含混不清、相互矛盾的猜测和不可能的假设混淆它。但这正是常见的认知模式。目前科学将宇宙视为博弈的重写本，拥有比任何一个博弈者所能触及的更深的记忆。这一记忆是自然法则的和谐融合，使宇宙保持运动的同质性。因此，我们现在看宇宙就像是在看一个经过数十亿年工作的领域，亿万年来不断堆积，朝着目标迈进——我们只能理解其中最微小、最接近的部分。这个景象是真的吗？有朝一日它会不会被下一个不同的模型取代——像我们的智慧体博弈模型一样，与史上出现的所有模型都大相径庭？我打算引用我的老师欧内斯特·阿仁斯教授的话来回答这个问题。多年以前，在我还是个年轻人的时候，我拿着包含博弈概念的初稿向他征求意见，阿仁斯说："理论？达到理论的程度了？或许这不是理论。人类竟然要去恒星？所以就算这不存在，或许它就是一个计划，或许有朝一日一切都会变成这样！"我想用我老师的这些并非完全怀疑的话来结束本次演讲。

谢谢大家！

莱姆对人类社会和宇宙文明的深度思考
——《完美的真空》中文版导读

江晓原

上海交通大学科学史与科学文化研究院首任院长

完美真空中的奇遇

有一天在万圣与朋友喝茶,谈到波兰科幻小说作家斯塔尼斯瓦夫·莱姆的《完美的真空》,他说这本书"真的奇妙极了"。第二天回到上海,就去季风书园找这本《完美的真空》,谁知就遇到一点小小的趣事——这趣事本身就说明此书的奇妙。

我是季风书园的常客,和老板也很熟,进去找一本已知作者和书名的书,想来自是轻车熟路,不会有什么困难。不料在几个相关的书架上遍寻不着(《索拉里斯星》已经看到了),我只好请书店的员工帮我在电脑上查询，结果被告知，本店有这本书，在某某号书架上，按号找去，果有其书，那书架却是"文学评论"！——难怪我先前找不到。

看来季风书园员工的工作态度还是比较认真的，否则他们就不会将这本《完美的真空》放错地方了——我可不是讽刺，这其中自有缘故。

主要是因为，《完美的真空》这本书的形式实在太匪夷所思了——从表面上看，它确实是一本文学评论集。例如，它的各章标题都是这种样子：

帕特里克·汉纳汗 《吉伽美什》
　　　　　　　　（跨世界出版公司——伦敦）
西蒙·迈瑞尔 《性爆发》
　　　　　　　（沃克与同伴出版公司——纽约）
…………

再看这些标题下面的一篇篇文章，也确实是在评论这些书。这就难怪季风书园的员工要将《完美的真空》放到"文学评论"书架上了。如果他们不管书的内容，只看封面，则《完美的真空》显然和《索拉里斯星》属于同一类书，直接将它也放到"科幻小说"架上，倒反而对了。

这都怪莱姆这家伙花样太多，误导公众。

事实上，初版于1971年的《完美的真空》是一本科幻短篇小说集。莱姆别出心裁地采用评论一本本书的形式来写他的科幻小说——这些书其实根本不存在，全是莱姆凭空杜撰虚构出来的。而在每篇评论的展开过程中，莱姆夹叙夹议，旁征博引，冷嘲热讽，插科打诨，讲故事，打比方，发脾气，掉书袋……逐渐交代出了所评论的"书"的结构和主题，甚至包括许多细节。

我猜想，莱姆采用这种独特的方式来写科幻小说，目的是既能免去构造一个完整故事的技术性工作，又能让他天马行空的哲学思考和议论得以尽情发挥。

比如，在《生命股份有限公司》中，莱姆设想了一家神奇的公司："背叛、友谊、爱情、报复、个人的幸福和他人的不幸"都已经成为商品，"可以借助便利的信用体系，以分期付款的方式购买"；这家公司产品的使用说明书是"一篇关于世界观和社会技术的论文，而不是普通的广告印刷品"；人们"不该为订单的内容感到羞愧：它永远都是公司机密。人们也不必害怕订单在其执行过程中对他人造成伤害"。

读者的好奇心显然开始被撩拨起来了，这不是很像王朔小说《顽主》中的"3T公司"吗？这样的公司怎么可能真的运营？但是对莱姆来说,他那恶搞死人不偿命的想象力才刚刚发挥了一两成呢。"公司满足一切愿望:只是有时需要排队等候,例如想要亲手杀人时就要排队,因为这种爱好者的数量出奇地多";"让客户能够在荒无人烟的地方、草地上、在家中秘密地谋杀第三方而不受惩罚的项目尚未获得法律批准,但公司仍在耐心地推动这一创新"。更要命的是,由于法律禁止垄断,操持与"生命股份有限公司"同样业务的公司不止一家,如果两家公司的"订货"实施起来发生冲突怎么办?比如在同一次旅行中,"生命股份有限公司"接受了史密斯先生对朋友之妻布朗夫人"英雄救美"的订单,而"享乐人生"或"真实生活股份有限公司"却接受了布朗先生要求让史密斯"表现得像一个混蛋懦夫"的订单,那如何实施?

这时我们就看到莱姆采用本书这种形式写科幻小说的投机取巧之处了——他用不着告诉我们上面的订单如何实施,继续往下幻想到哪一步他可以随心所欲,因为他只是在评论《生命股份有限公司》这本小说。因而在任何地方,他只消笔锋轻轻一滑,就可以转而去谈论这本虚构小说的其他问题了。

作为科幻小说,当然要有对未来的想象,而莱姆的想象力是相当"霸道"的:

比如《性爆发》中如下一段:"战场上只剩下三家财团——通用性科技公司、人体改造公司以及爱情合并公司。随着这些巨型公司的生产达到顶峰,性——从私人娱乐、集体体操、个人爱好和家庭收集——变成了一种文明哲学。"这是莱姆想象21世纪之初的光景(正是我们的今天),那时性已经和生殖无关。他甚至想象了一种药物,代号"NOSEX":"这种制剂只需要几分之一毫克,就能够消除与性行为相关的一切感觉。诚然,性行为仍然可以完成,但只能作为一种让人精疲力竭的体力劳动。"

又如在《小队长路易十六》中,莱姆假想一个纳粹余孽携巨资逃亡南美,聚集起一伙旧日的纳粹官员,竟在丛林中建立起一个小王朝。而在《类启示录》中,莱姆谈到一个"人类拯救基金",他想象该基金的资助对象应该是"所有创造者:发明家、科学家、技术人员、画家、作家、诗人、剧作家、哲学家和设计师"。更妙的是他想象的资助办法:"不写作、不设计、不绘画、不申请专利或不提出建议的人——终生领取36000美元,而那些从事上述行为者,所得将会相应减少。"联想到我们今天的学术过热泡沫弥天,这倒真是一种反讽。

莱姆的宇宙:隐身玩家的游戏桌

但是《完美的真空》的最后一篇,也是最长的一篇,即《宇宙演化新论》，玩出了更新奇的花样——这回不再是"直接"评论一本虚构的书了，而是有着多重虚拟：一部虚构的纪念文集《从爱因斯坦到泰斯塔的宇宙》中，有一篇虚构的诺贝尔奖颁奖典礼上的发言稿，发言者是虚构的物理学家泰斯塔教授，他介绍和评论一本对他本人影响至深的虚拟著作《宇宙演化新论》，此书的作者阿切罗波罗斯自然也是虚构的。

这最后一篇实际上是莱姆所有科幻小说中最具思想深度的一篇——事实上它已经是一篇学术论文。文中主要试图解释这样一个问题：既然宇宙那么大，年龄那么长，其中有行星的恒星系统必定非常多，为什么人类至今寻找不到任何外星文明的踪迹？其实这就是讨论外星文明时所谓的"费米佯谬"，不过莱姆的思考，在迄今已经出现的关于"费米佯谬"的75种解答中，非但独树一帜，而且最为深刻。

我们以前一直习惯这样的思想：宇宙（"自然界"）是一个纯粹"客观"的外在，它"不以人的意志为转移"，至少在谈论"探索宇宙"或"认识宇宙"时，我们都是这样假定的。这个假定被绝大多数人视为天经地义。

但是莱姆在《宇宙演化新论》中，一上来就提出了另一种可能——宇宙文明的存在可能会影响到可观察的宇宙。这种说法实际上也没有多少石破天惊，因为在"彻底的唯物主义"话语中，不是也一直有"征服自然"和"改造自然"的说法吗?这种"征服"和"改造"当然是由文明所造成的,那么莱姆上面的话不就可以成立了吗?

如果同意莱姆的上述说法,那么我们就可以继续前进了——地球人类今天所观察到的宇宙,会不会是一个已经被别的文明规划过、改造过了的宇宙呢?

莱姆设想,既然宇宙的年龄已经如此之长(比如150亿～200亿年),那早就应该有高度智慧文明发展出来了。这些早期文明来到宇宙这张巨大的游戏桌上,各自落座开始玩博弈游戏(比如资源争夺),经过一段时间之后,他们为什么不可以达成某种共识,制订并共同认可某种游戏规则呢?

如果真有这种情形,那么我们今天所观察到的宇宙,就很有可能真的是一个已经被别的文明规划过、改造过了的宇宙。这个宇宙不是只有一个造物主,而是有着一群造物主。

这种全宇宙规模的规划或改造,为什么竟是可能的呢?莱姆是这样设想的:

工具性技术只有仍然处于胚胎阶段的文明才需要,比如地球文明。10亿岁的文明不使用工具,它的工具就是我们所谓的"自然法则"。物理学本身就是这种文明的"机器"!

换言之,所谓的"自然法则",只是在初级文明眼中才是

"客观"的、不可违背的，而高级文明可以改变时空的物理规则，所以围绕我们的整个宇宙已经是人工的了，也就是莱姆所谓的"宇宙的物理学是它的社会学的产物"。

这种规划或改造，莱姆在《宇宙演化新论》中至少设想了两点：

一、光速限制。在现有宇宙中，超越光速所需的能量趋向无穷大，这使得宇宙中的信息传递和位置移动都有了不可逾越的极限。

二、膨胀宇宙。莱姆认为，"只有在这样的宇宙中，即使新的文明不断在其中出现，它们之间的距离仍然是一个常数"。

宇宙的这群造物主为何要如此规划宇宙呢？莱姆认为，在早期文明（即他所谓的"第一代文明"）来到宇宙游戏桌开始博弈并且达成共识之后，他们需要防止后来的文明相互沟通而结成新的局部同盟——这样就有可能挑战"造物主群"的地位。而膨胀宇宙加上光速限制，就可以有效地排除后来文明相互"私通"的一切可能，因为各文明之间无法进行即时有效的交流沟通，就使得任何一个文明都不可能信任别的文明。比如你对一个人说了一句话，却要等8年多——这是以光速在离太阳最近的恒星来回所需的时间——之后才能得到回音，那你就不可能信任他。

这样，莱姆就解释了地外文明为何"沉默"的原因——因为现有宇宙"废除了有效的语义连接"，所以这张大游戏桌上的

"玩家"们必然选择沉默。同时莱姆也就对"费米佯谬"给出了他自己的解释：作为"造物主群"的老玩家们，在制定了宇宙时空物理规则之后选择了沉默，所以他们在宇宙大游戏桌上是隐身的。

在这样的规则之下，新兴的初级文明不可能找到老玩家们。那种刚刚长大了一点就向全宇宙大喊"嘿，有人吗？我在这儿"的文明，不仅幼稚，而且危险。莱姆将此称为"无定向广播"，也就是现今国际上有些人士热衷的"METI计划"，莱姆认为这"总是弊大于利"。

刘慈欣的宇宙：黑暗森林中的修罗场

在莱姆的设想中，宇宙的"造物主群"虽然强大而神秘，但未必是凶残冷酷的，"博弈者不会向年轻文明发送带有关爱和支持性质的信息"，他们既没有兴趣了解别的文明，也不想让别的文明来了解自己，但他们"祝福年轻的文明"，而不是穷凶极恶地只要发现一个新文明就立刻毁灭它。

而在被誉为当今中国最优秀的科幻作家刘慈欣的小说《三体》系列中，一种悲观的深思臻于极致。在他笔下，宇宙从一张神秘的游戏桌变为"暗无天日"的黑暗森林。在《三体II：黑暗森林》末尾他告诉读者："在这片森林中，他人就是地狱，就是永恒的威胁，任何暴露自己存在的生命都将很快被消灭。这就是宇宙文明的图景。"而他的"地球往事"三部曲的最后一部，书名是《三体III：死神永生》。

"死神"是谁？就是莱姆笔下制定现今宇宙物理规则的玩家，不过在《三体》中他们的规则是：一发现新兴文明就立刻下毒手摧毁它。

在《三体III：死神永生》中，刘慈欣让一个这样的玩家现身了：

"我需要一块二向箔，清理用。"歌者对长老说。
"给。"长老立刻给了歌者一块。
……"您这次怎么这样爽快就给我了？"
"这又不是什么贵重东西。"
"可这东西如果用得太多了，总是……"
"宇宙中到处都在用。"

在这段对话中，"歌者"只是那个超级玩家文明中地位最低的一个"清理员"，他申请这一小块"二向箔"干什么用？那是用来毁灭人类的太阳系的，方式是将太阳系"二维化"——使太阳系变成一张厚度为零的薄片，我们的地球文明就此玉石俱焚，彻底毁灭了。这种"维度攻击"，正是莱姆所设想的对时空物理规则的改变。

在《三体》爆红之后，上面这一幕衍化出了商界人士喜欢说的"降维打击"，现在当人们在使用"降维打击"这一说法时，其实只是"毁灭性打击"之意，绝大部分使用者未必会联想到莱姆关于高级文明改变时空物理规则的设想。

2021年12月2日

于上海交通大学科学史与科学文化研究院

读客 科幻文库

跟着读客读科幻，经典科幻全看遍

太空歌剧、赛博朋克、奇幻史诗……

中国、美国、英国、俄罗斯、波兰、加拿大、日本、牙买加……

读客汇聚雨果奖、星云奖、轨迹奖获奖作品

精挑细选顶尖的科幻奇幻经典

陪伴读者一起探索人类文明的过去、现在和未来

亿亿万万年，直至宇宙尽头

打开淘宝，扫码进入读客旗舰店，
下一本科幻更经典！